# 거품시대 ❶

# 거품시대 ❶

홍상화 소설

한국문학사

# 벌거벗은 비리… '증언의 소설'

김승옥(소설가, 『무진기행』의 작가)

소설에 대해서 문학 전공 교수들은 여러 가지 기준을 가지고 분류하고 있습니다만, 저로서는 고 김붕구(金鵬九) 교수에게 배운 대로 소설을 크게 '증언(證言)의 소설'과 '구제(救濟)의 소설' 두 가지로 나누어보고 있습니다.

증언의 소설이란 그동안 여러 지면에서 충분히 얘기해 온 참여문학이라는 것이고, 구제의 소설이란 윤리 중심의 내성(內省)소설이라고 하겠습니다.

홍상화 씨의 『거품시대』는 말할 것도 없이 증언의 소설에 속합니다.

증언의 소설에도 여러 가지가 있습니다. 요즘 많이 쓰여지고 읽히는 대하역사소설들도 있고, 어떤 사건이나 인물을 추적한 소설도 있고, 한 시대의 풍속을 그림이 아니라 글로써 섬세하게 묘사하고 있는 풍속소설 등이 있습니다. 『거품시대』는 지난 제6공화국 시대의 풍속을 섬세하게 증언하고 있는 소설이라고 저는 봅니다.

하청 금액에서 매번 얼마씩 정기적으로 떼어주는 데도 불구하고 여차하면 세무서 관리 대접해야 되겠다느니, 퇴직하는 동료 환송회 비용이라느니, 외국 여행 보조비라느니…… 명목이란 명목은 있는 대로 붙여 뜯어가, 2백 명 정도의 직공으로 봉제업을 하는 이진범으로서는 견딜 재간이 없었다.

특별 자금이란 수출용 원자재 일부를 내수시장에다 팔아 마련한 비자금을 의미했다. 비자금 없이는 되는 일이 없으니 좀 위험하긴 하지만 다른 도리가 없었다.

"하청 단가는 안 오르는데 임금을 턱없이 올려달라니, 배길 재간이 있어야지."
백인홍이 한숨을 쉬었다.
"다 마찬가지야."
"나쁜 놈들. 공무원들은 손이 더 커지고, 은행놈들은 담보 내놓으라고 지랄이고, 이제는 노동운동한다는 놈들이 한술 더 뜨니 말이야······."

백인홍이 화난 목소리로 말했다.

"할 수 없지 뭐. 지금은 과도기야. 시간이 가면
해결될 거야."

백 사장은 입을 다물었다.


이러한 『거품시대』 속의 몇 줄만 가지고도 짐작할 수
있듯이 이 소설의 주인공은 중소기업가들입니다.

중소기업가들(옛날식으로 말하자면 부르주아)이 한국소
설의 주인공으로, 그리고 제6공화국 시대의 전형적 한
국인 모습으로 등장하고 있다는 점이 바로 『거품시대』가
이전의 모든 한국 소설들이 아직 할 수 없었던 일을 처
음으로 해내고 있다는 매우 중요한 의미가 되는 것입니
다. 이 소설은 바로 지금이기에 태어날 수 있는 소설이
고, 이 시대에 반드시 나와야 할 소설입니다.

이 소설을 읽는 독자들은 줄거리가 어떻게 전개되고
있는지에 너무 집착하지 말고, 소설 속 대사와 지문을
통해 작가가 얼마나 우리가 살아왔던 시대를 빠짐없이
기록으로 남기려고 애쓰고 있나 하는 점에 관심을 가지
고 읽으시면 참 재미있게 읽힐 것입니다.

우리가 살고 있는 세상의 중심에서 한때 기세등등했던

비리의 벌거벗은 모습 때문에 『거품시대』는 세월이 갈수록 더욱 우리 민족의 교훈으로서 뜻깊어질 소설입니다.

# 차 례

## 제1부

# 1. 탈출 : 이진범

- 샐러리맨에서의 탈출은 바로 행복으로부터의 탈출.
- 1988년부터 1998년까지 10년간을 '거품시대'로 정의할 수 있다. 즉, 88서
  울올림픽을 시작으로 1997년 12월 3일 IMF에 구제금융을 신청할 때까지다.
- 이 거품시대를 성공적으로 이겨낸 세 사람이 등장한다. 황무석·백인홍·진성
  호. 황무석은 간교함으로, 백인홍은 저돌성으로, 진성호는 탐욕으로.

　　이진범은 누운 채 침대 옆 탁자 위에 있는 자명종시계
를 보았다. 자정이 가까워오고 있었다. 그는 상체를 일
으켜 시계를 집어들고 아침 6시에 울리도록 시간을 맞추
었다. 그러고는 읽고 있던 책과 시계를 다시 침대 옆 탁
자 위에 놓은 후 몸을 뉘면서 벽을 향해 누워 있는 아내
에게 시선을 보냈다. '잘 자.' 그가 나직이 말했다. 아내
는 벌써 잠이 들었는지 아무 대답이 없었다.

　　이진범은 자신보다 한 살 아래인 서른일곱 살에 벌써
쉽게 피로를 느끼는 아내가 몹시 안쓰러웠다. 제대로 되
지도 않는 사업을 한답시고 새벽부터 나가 저녁 늦게 들

어오는 남편을 대신해 초등학교 다니는 두 딸을 돌보는 일 이외에, 사흘에 한 번씩 홀로 되신 어머니에게 가 살림살이 뒤치다꺼리를 해줄 뿐만 아니라, 그러지 말라는데도 한사코 새벽에 같이 일어나 저녁 늦게 자신이 귀가할 때까지 기다리는 생활은 아내에게 분명히 무리한 일인 것 같았다.

이진범은 눈을 감고 오늘 밤은 쉽게 잠이 들기를 바라는 마음이었다. 근래에 와서 그는 원인 모를 불면증에 시달려온 터였다. 자신의 과거가 자기 또래 다른 남자들의 과거와 비교해 어떻게 평가될 수 있을까? 하는 질문이 여느 날 밤과 같이 오늘 밤도 그의 머릿속에서 맴돌았다.

이진범은 머릿속에서 현재부터 거슬러 올라가며 자신의 과거를 한꺼풀 한꺼풀 벗겨나가기 시작했다.

낭만적이었으나 방황도 뒤따랐던 대학 생활, 딱딱했으나 우쭐했던 학보 장교 시절, 고달팠으나 희망찼던 첫 직장 생활, 사랑하는 여자와의 달콤한 결혼생활, 그리고 첫 아기가 가져다준 경이로움 속의 환희……. 이것들 모두가 일생 동안 한 번씩만 경험하는 것이고, 그를 행복하게 만든 것이었다. 그리고 이런 것으로 이루어진 그의 과거는 어느 누구의 과거와 비교해도 손색이 없는 것 같았다.

행복이란, 특히 그것이 삶이 자연스럽게 부여하는 행복인 경우, 행복의 순간을 속절없이 흘려보낸 후에야 비로소 행복했음을 느낄 수 있는 속성을 지닌 것인지, 그때는 그것 모두가 행복이었음을 그는 느끼지 못했다. 아! 다시 한 번 경험할 수만 있다면! 탄식의 한숨이 그의 입에서 새어나왔다.

어떤 미래가 나를 기다리고 있을까? 하는 질문이 그에게로 다가왔다. 이미 보낸 과거와는 달리 그는 자신의 미래에 대해서는 도무지 자신이 서지 않았다. 그는 몸을 옆으로 고쳐 누우며 더이상 생각할 수 없도록 잠이 찾아와주기를 간절히 바랐다. 그러나 잠은 쉽사리 찾아와주지 않았고, 그는 생각을 계속할 수밖에 없었다. 돌이켜보면 3년 전 샐러리맨 생활에서 벗어나보려고 대하실업을 그만둔 것은 너무 성급한 결정 같았다. 그 후 청천물산이라는 조그마한 사업체를 3년 동안 경영하면서 근래에 와서 얻은 결론이 바로 그것이었다. 성급한 결정, 그 당시로서는 용기 있는 탈출이라 여겼는데 세월의 흐름에 탈색을 하면서 자신의 눈에, 그리고 모든 사람의 눈에 뚜렷이 드러낸 실상은 성급한 탈출이었다는 것이다.

그러나 3년 전 어느 날 밤 서울역 앞 컴컴한 골목 앞에 서 있던 어느 창녀의 눈에 비친 자신의 자화상을 보았을 때 그는 탈출을 감행하지 않을 수 없었다. 그것은 결국 행복으로부터의 탈출이었고, 그 탈출은 지금 와서 생각해보니 행복할 수 있는 모든 가능성으로부터의 돌이킬 수 없는 탈출이었다. 상념이 이 시점에 이르는 순간 이진범은 3년 전 바로 그날 저녁으로 되돌아가는 자신을 어찌할 수 없었다.

3년 전 늦가을 어느 날, 퇴근 시간이 꽤 지난 저녁 무렵이었다. 대하실업 무역부에 과장으로 근무하고 있던 이진범은 세무서 옆 빌딩의 지하 커피숍에 앉아 있었다. 그는 초조한 듯 손목시계와 벽시계를 번갈아보며 안절부절못했다. 그가 그러는 데는 충분한 이유가 있었다. 대하실업 무역부의 부장인 황무석의 말을 빌리면, 무역부 간부들의 사활이 걸린 임무가 이진범 자신에게 주어졌기 때문이었다. 그것은 다름이 아니라 무역부 내부의 비밀 결정으로 부서용 접대비를 마련하기 위해 수출용 원자재를 내수시장에 내다 팔고 세무 보고를 하지 않은 사건으로, 만일 일이 틀어져서 최고 경영진에 알려지면 황무석 부장을 비롯해 무역부 모두가 견책을 피할 수 없는 일이었다.

이진범은 윗옷 속주머니 안 두툼한 현금 봉투의 무게

를 느끼면서 황무석 부장의 지시 사항을 마음속으로 되새겼다.

'일단 그 친구가 기분 좋게 술이 취하게 하는 것이 중요하다. 그러려면 그 친구가 좋아하는 여자가 있는 곳으로 가야지, 그렇지 않고 다른 곳에 갔다가 여자 파트너 때문에 기분 상하면 닭 쫓던 개 지붕 쳐다보는 꼴이 된다. 술기운이 거나하게 올라왔을 때 기회를 봐, 미친 척하고 싹싹 빌며 회사에서 쫓겨나지 않도록 한 번만 살려 달라고 애원해라. 그 친구가 아무리 독하다 해도 이 과장하고 나이가 비슷하니 마음이 움직일 거다. 정 안 되면 가족 얘기를 꺼내라. 이 과장이 실업자가 되면 아이들과 마누라가 먹고살 수 없다고 무조건 징징 짜라. 그래서 그 친구가 마음이 조금 움직일 때쯤, 슬쩍 일어나 그 친구 보는 데서 옷걸이 있는 데로 가 그 친구 윗옷 속주머니에 돈 봉투를 넣어라. 아 참, 돈 넣기 전에 아가씨들은 모두 방에서 내보내야 한다는 사실을 잊지 마라. 그 친구 뒷조사를 해보니까, 지방대학 출신인데 양반 가문이라고 으스대는 집안 자식으로 행정고시에 합격하고는 개천에서 용 났다는 말을 듣고 있으니 동정심은 있을 거다. 한 가지만 절대로 잊지 마라. 이 과장은 취한 체하되 절대로 취하지 말고 그 친구가 취하도록 해야 한다는 것. 이 과

장이 먼저 취해 산통 깨면 큰일임을 명심해라……'

그리고 황무석 부장은 덧붙였다.

'요번 일은 무역부의 잘못으로 일어난 일이니 무역부의 명예를 걸고 해결해야 한다. 그 친구는 내가 세무서 국장의 양해를 얻었으니 반드시 약속 장소에 나오게 되어 있다.'

황무석 부장의 지시 사항을 되새긴 이진범은 마른침을 꿀꺽 삼켰다. 심 과장 그 친구가 아무리 자신과 비슷한 나이라 해도, 명색이 세무서 법인세과 과장이고 행정고시 출신이라 황무석 부장 말대로 그렇게 쉽게 말려들 것 같지 않았다. 몇 달 전 사석이 아닌 세무서 내이긴 했지만, 회사 경리부의 요청에 의해 수출 관계 보완 서류에 관한 설명을 하기 위해 만나본 심 과장은 매우 사무적이고 차가운 인상을 주는 사람이었다.

이진범은 커피숍 문이 열리는 소리에 얼른 문 쪽으로 시선을 주었다. 훤칠한 키에 미남형인 심 과장이 그곳에 서서 커피숍 안을 두리번거리고 있었다.

"안녕하세요?"

이진범은 심 과장에게 다가가 인사를 했다.

"늦어서 미안합니더."

"천만에요. 시간 내주셔서 감사합니다."

"그냥 나갑시더."

"그러시지요."

이진범은 앞서 문을 나서는 심 과장의 뒤를 따라 커피숍을 나섰다.

"어디로 모실까요?"

"뭐 아무 데라도, 이 형이 좋으실 대로⋯⋯."

심 과장은 심드렁해하며 그대로 서 있었다.

"어디 잘 가시는 데라도⋯⋯."

"아무 데나 갑시더."

황무석 부장이 한 말, '그 친구가 좋아하는 여자가 있는 곳으로 가라'는 말이 떠올랐다. 아뿔싸, 처음부터 빗나가기 시작하는구나. 이진범은 아찔한 기분이었다.

"그럼 차에 타시지요."

이진범이 앞장서 회사 차를 세워놓은 곳으로 갔다. 운전기사라는 직업이 낮잠과 무슨 원수라도 졌는지, 완전히 곯아떨어져 있던 김 기사는 차창을 두드리는 소리에 화들짝 놀라며 깨어났다.

"방배동 쪽에 혹시 잘 가시는 데라도 있습니까?"

차가 움직이자 이진범이 말했다.

"아무 데나 갑시더."

"그럼 제가 아는 덴데 별로 마음에 안 드실지 모르지

만……. 김 기사, 방배동에 있는 '귀향'으로 갑시다."

미끄러져 나가는 차 속에서 이진범은 계속 길게 지껄이고 있었고, 심 과장은 한두 마디로 마지못해 응해주고 있었다. 적어도 '행정고시' 얘기가 나오기 전까지는 그랬다.

"행정고시는 언제 합격하셨습니까?"

"몇 년 안 됐십니더. 대학교 졸업하고 군대 갔다 와서 어물어물하다가 늦어졌심더."

심 과장은 처음으로 밝은 표정을 지었다.

"행정고시 출신이 세무서에 많습니까?"

"재무부 본청에 있을라 카지 누가 세무서에 올라 캅니꺼. 빽 없는 나 같은 놈이나 오는 게지……."

"무슨 말씀을? 세무 행정이 우리나라 경제 운영에 제일 중요하지요. 국가의 세입을 담당하는 일인데 그 이상 중요한 일이 어디 있습니까?"

"욕만 먹고 고생만 디립다 하지 누가 알아줍니꺼?"

"아닙니다. 그래도 고시 출신이 와야 행정 쇄신이 제대로 되지요."

"아마 머지않아 그리 될 낍니더."

심 과장의 딱딱한 표정이 많이 누그러졌다. 이진범은 다소 자신이 생겼다.

"심 과장님, 대학은 몇 학번이십니까?"

나이가 비슷한 것이 드러나면 더 친밀해질 수 있을 것 같아서 물어본 소리였다.

"오래됐심더……. 이 형 회사는 규모에 비해 행정 면을 좀 소홀히 하는 거 아입니꺼? 서류를 가지고 오라 캐도 시간이 걸리고……."

심 과장은 더이상 대화하고 싶지 않다는 듯 차창 밖으로 시선을 돌렸다. 다음 순간 심 과장이 지방대학 출신이라는 황 부장의 말이 상기되어, 아차 대학 얘기는 공연히 꺼냈구나, 하고 이진범은 뉘우쳤다.

'귀향'이라는 살롱 앞에 차가 도착했다. 지하로 통하는 계단을 내려가자 널찍한 대리석 바닥의 홀이 나왔고, 홀 옆 카운터에는 주인 마담이 앉아 있었다. 주인 마담의 안내로 이진범과 심 과장은 아담한 방으로 들어갔고 곧이어 아가씨 둘이 들어왔다. 다행히 한 아가씨는 예쁜 편이었고, 다른 아가씨는 살롱에는 무슨 배짱으로 나왔나 싶을 정도였다. 이진범이 방에 들어오기 전 귓속말로

마담에게 아가씨 하나만 기똥차면 된다고 얘기는 했으나
아무래도 너무한 것 같았다.

예쁜 아가씨를 심 과장 옆에 앉히고 그의 표정을 슬쩍
살폈다. 갑자기 심 과장이 아가씨의 블라우스 속으로 손
을 쑥 집어넣으며 '니 이름 뭐꼬?' 하자, 그녀가 심 과장
의 손을 탁 치며 불쾌해하는 듯한 표정을 지었다. 심 과
장도 금세 언짢아했다.

이진범은 자리에서 일어나 밖으로 나와 마담을 찾았
다. 팁을 두 배로 줄 테니 예쁘기도 하고 성질도 까다롭
지 않은 아가씨로 바꿔달라고 부탁을 했다.

이진범은 10만 원짜리 수표를 꺼내 마담 앞에 내밀었다.

"이걸로…… 데리고 나가려고요?"

마담이 손에 든 10만 원짜리 수표를 탐탁잖게 내려다
보며 물었다.

"아니요. 그냥 팁이에요."

"나중에 데리고 나가려면 다른 애라야 돼요. 그 애는
안 나가요."

"알았어요. 일단 붙임성 좋고 예쁜 애를 넣어주시죠."

이진범이 돌아서 두 걸음쯤 옮기다가 다시 뒤돌아서
물었다.

"데리고 나가려면 얼마죠?"

"뭐…… 손님마다 다르지만 이것 말고 세 장은 더 주셔야지요."

총합계 40만 원, 자신이 뼈빠지게 시달리며 받는 보너스를 합친 월급의 반, 이진범은 그런 액수의 돈을 하루 저녁에 챙기는 어린 아가씨의 위력에 압도당하는 느낌이 들었다.

"분위기 봐서 또 부탁드릴게요."

이진범이 다시 방으로 들어왔을 때 방 안의 분위기는 냉랭했다. 이진범이 심 과장 옆에 앉은 아가씨에게 손짓을 해 방 밖으로 불러냈다. 그녀가 토라진 표정으로 나왔다.

"미안해, 자 이거 받아."

"뭐 저따위 새끼가 있어? 만나자마자 손이 블라우스 속으로 들어오니……. 여하튼 고마워요."

이진범이 건네주는 3만 원을 받아쥐면서 아가씨는 한마디 하는 것을 잊지 않았다.

그곳에 조금 서 있으려니 멋진 아가씨가 마담과 같이 왔다. 미인형의 갸름한 얼굴, 날씬한 몸매, 세련된 옷차림, 명동 최고급 미용사의 손길이 거쳐갔을 것 같은 헤어스타일……. 이진범은 마음이 놓였다.

"내가 대접해야 할 중요한 손님인데 잘해주세요. 후사

할게요."

"알았어요. 걱정 마세요."

아가씨는 앞장서 문을 열고 들어섰다.

아름다운 여자의 위력은 역시 대단했다. 눈 깜짝할 사이 심 과장의 찡그린 얼굴은 활짝 피어났고, 방 안의 분위기는 싹 달라졌다.

허튼 소리를 지껄이고, 너저분한 음담패설을 주고받으며 그럭저럭 밤이 깊어갔다. 그러나 끊임없이 지껄이고 취하는 건 이진범과 두 아가씨였고, 심 과장은 별 말수도 없이 '허허' 하고 웃어주는 역할만 했다.

시간이 흘러 자신의 혓바닥이 꼬부라지기 시작하면서 이진범은 일이 잘못 돌아가고 있다는 것을 직감했다. 이진범이 술을 연거푸 들이켜면서 그에게 계속 권하는데도 심 과장은 원하는 것은 술이 아니라 옆에 앉은 아가씨의 가슴과 넓적다리인 듯 술을 거의 마시지 않았다.

잘못 돌아가는 건 그것뿐만이 아니었다. 이상하게도 심 과장이 윗옷 벗기를 거부하니 취중에 그가 보는 데서 옷걸이에 걸린 그 친구의 윗옷 속주머니에 돈 봉투를 넣으라는 황무석 부장의 지시를 실행할 수가 없었다. 이진범은 심 과장 몰래 자신의 옆에 앉은 못생긴 아가씨에게 슬쩍 돈을 더 집어주고 분위기를 잡으려고 더 거칠게 젖

가슴을 만지고 더 주책없이 술을 들이켰으나 별 효과는 없었다. 심 과장은 술잔은 쳐다보지도 않고 여자의 입술만 빨아댔다.

황무석 부장이 지시한 다음 단계의 작전을 개시하는 수밖에 없다고 이진범은 결론을 내렸다. 그는 아가씨들에게 잠깐 나가 있으라고 했다.

"심 과장님, 저 한번 살려주십시오."

이진범이 애원하듯 말했다.

"무슨 말입니껴?"

"이번에 문제가 된 외형 누락 건 말입니다. 고의적이 아니고 수출품 검사에 불합격한 불량품을 시장 상인이 가져가겠다고 해서……."

"아무리 소액이라도 외형 누락은 확실한 거 아입니껴?"

"그렇지요. 제가 단독으로 그렇게 결정해서 그 자금으로 바이어 접대하는 데 썼지요."

"그래도 범법은 범법입니다. 외형 누락은 액수를 불문하고 철저히 단속하고 있심더."

"알고 있습니다. 그래서 제가 이 문제를 해결 못하면 사표를 써야 될 판이라……."

이진범은 구차한 심정으로 심 과장에게 사정을 했다.

"그건 이 형 문제고…….."

"그러니 저 한번 살려주는 셈치고 봐주십시오……. 가족이 딸린 몸이라……."

이진범은 아무래도 좀 치사한 느낌이 들었다. 부서 비자금으로 쓴 것을 가지고 가족까지 들먹이며 시건방진 놈에게 살려달라고 애걸을 하는 자신이 한심했다. 이진범은 자리에서 일어나 그 친구 옆에 앉았다.

"나쁘게 생각하지 마십시오. 저의 성의입니다."

속주머니에서 돈 봉투를 꺼내 그의 윗옷 바깥 주머니에 넣었다. 다행히 그는 모르는 체했다.

"이 형 신상 문제가 걸려 있으니 모르는 체할 수도 없고……. 그래, 한번 해봅시더."

이진범은 마음이 놓였다. 돈 봉투를 받은 후 '한번 해봅시다'라는 말은 해주겠다는 말과 다름이 없기 때문이었다.

"이건 뭔지 모르지만 도로 받으시소."

그러나 뭔가 석연치 않은 표정으로 잠시 생각하던 심과장이 주머니에서 봉투를 꺼내며 다시 말했다.

"아닙니다. 직원들 회식비로 사용하십시오. 별것 아닙니다."

이진범이 심 과장의 손을 잡으며 애원하듯 말했다.

"알겠심더. 그럼 나갑시더."

심 과장은 자리에서 일어나며 무뚝뚝하게 말했다.

살롱을 나와 두 사람은 차를 탔다. 서울의 밤거리를 달리는 차의 창문을 통해 이진범의 눈에 비친 늦가을 밤의 서울 거리는 북적대는 자동차의 행렬에도 불구하고 몹시 쓸쓸해 보였다. 서울이라는 도시의 밤거리는 언제부터인가 취객의 충혈된 눈으로 보기에 안성맞춤인 것처럼 보였다. 최상의 상상력을 동원해도, 어떤 시인의 시심으로 보아도 거기에는 한줌의 낭만도 존재치 않았다. 부패라는 전염병으로 폐허가 된 그 도시에는 오직 허식과 위선과 가식만이 판을 치고 있었다.

"이 은혜는 죽어도 잊지 않겠습니다."

차의 뒷좌석에 앉은 이진범이 옆에 있는 심 과장에게 혀 꼬부라진 소리로 말했다.

"이 형은 술 실력을 좀 키워야 되겠심더."

심 과장이 그의 허벅지를 탁 내려치며 말했다.

'이런 ××놈, 나는 하루 온종일 초조해서 밥도 못 먹고 공복에 술만 들이켰는데, 저는 저녁 내내 술도 제대로 안 마시고 편안하게 내 아부 떠는 거나 봐놓고……'

이진범이 속으로 투덜댔다. 그러나 그의 입에서는 엉뚱한 말이 흘러나왔다.

"술 실력을 키워놓을 테니 다음번에 다시 한 번 대작을 해주시지요."

"나하고 대작할 생각 말고 식구들 생각해서라도 범법행위나 하지 마이소."

'이런 ×같은 새끼. 내 가족까지 들먹이다니!'

이진범은 갑자기 속이 뒤틀리며 숨이 막혀왔다.

그 순간 서울역 로터리를 돌던 차가 한쪽으로 기우뚱했고, 위가 뒤집혔는지 그의 목구멍으로 무언가 올라와서는 입속에 시큼한 냄새를 확 풍겼다. 무엇이 올라왔건 상관치 않고 그는 그것을 꿀꺽 삼켰다. 저치에게 추태를 보이지 말아야 한다는 생각만이 그를 사로잡고 있었다. 속이 울렁울렁, 위에서 목구멍으로 계속 밀어내는 그 무엇을 그는 계속해서 꿀꺽꿀꺽 다시 삼키고 있었고, 그런 그의 행동은 자신과의 처절한 투쟁이었다.

'김 기사, 차 좀 세워줘'라는 말이 나옴과 동시에 그의 입 밖으로 오물이 쏟아져 나왔다. 처음에는 손으로 받았으나 금세 손 밖으로 넘쳐났다. 차 바닥으로 오물이 떨어지면 안 된다는 생각에 두 무릎을 오므렸다. 으윽……
순간 뒤엉켜진 오장육부가 터지는 듯하더니 다음 순간 오물을 몽땅 뒤집어쓴 자신의 하체가 눈에 들어왔다. 그것은 용서할 수 없는 수치였다. 길옆에 차를 세운 후 뒷좌석으로 고개를 돌리며 상을 찡그리는 김 기사의 모습이 힐끔 눈에 비쳤다. 차창을 내리며 오만상을 찡그리는 심 과장의 모습도 보였다.

이진범은 차 바닥에 오물이 떨어지지 않도록 오므린 두 발부터 차 밖으로 빼면서 차에서 내렸다. 뒤따라온 김 기사가 그에게 와 물었다.

"기다릴까요?"

보도에 있는 가로수를 잡고 계속해서 토하고 있는 그에게 김 기사가 말했다.

"괜찮아. 그냥 가."

"손님 분은요?"

"제멋대로 하라고 그래. 아무 데나 내리든지, 제 발로 걸어가든지……."

차에 있는 심 과장에게 들리든 말든 상관하지 않고 이진범은 큰소리로 외쳤다. 깜짝 놀란 김 기사가 얼른 차로 돌아갔고, 곧이어 심 과장을 태운 차는 멀어져갔다.

"아저씨, 비디오 기가 막힌 게 있어요. 보고 가세요."

이진범은 가로수에 기대어 허리를 구부린 상태에서 고개를 돌려 말소리가 나는 쪽을 보았다.

짙은 화장을 한 나이 어린 여자가 미소를 띠며 측은한 눈으로 그를 내려다보고 있었다. 창녀로 보였다. 짙은 싸구려 화장 사이로 그녀의 피곤에 지친 눈이 확대되어 왔다. 그는 그녀를 물끄러미 바라보았다. 자신도 모르게 그녀가 맞이할 미래가 머릿속에 그려졌다. 속절없이 흘러가버릴 젊음, 부끄러움을 모르는 중년, 허물어진 육체를 지닐 노년, 그리고 드디어 찾아오는 허무하고 외로운 죽음…… 그것은 분명히 그녀가 맞이할 미래였고, 자신의 미래도 그와 별로 다를 바가 없으리라는 느낌이 들었다. 그 순간 그는 결심했다. 내 미래를 내 두 손으로 개척해보겠다고. 어떤 고통이 있더라도 참고 견디겠다고.

그는 그녀를 따라갔다. 자신의 미래를 깨닫게 한 그녀에게 고마움을 느꼈기 때문이었다. 시큼한 악취를 풍기는 그녀의 방에서 그가 그날 밤 느낀 것은 자신의 철저한 왜소함이었고, 그가 그녀에게 증명한 것은 답답한 무능함이었다.

다음날 이진범은 눈을 떴다. 어젯밤 어떻게 집에 들어왔는지 낯익은 방 안 풍경과 함께 이불 속에 누워 있는 자신을 발견했다. 창문을 통해 들어온 눈부신 햇살로 보아 꽤 늦은 아침 시간임을 알았다. 출근해야 한다는 생각에 이부자리에서 빠져나오려고 무거운 몸을 일으켰다. 온몸이 쑤셔왔고 뱃속이 울렁거렸다. '따르릉' 하는 전화벨 소리에 이어 아내의 목소리가 들려왔다.

"황 부장님, 죄송해요. 애아빠가 몸이 불편해서 아직 일어나지 못했어요."

잠시 침묵이 흘렀다.

"네, 곧 출근하도록 할게요."

아내의 목소리가 다시 들려왔다. 곧 아내가 문 밖에서 서성거리는 모습이 보였다.

"여보, 황 부장님이 오늘 회사에 급한 일이 있다고 빨리 출근하래요."

무슨 죄나 지은 듯 조심스럽게 말하는 아내의 목소리가 들려왔다.

"알았어."

그는 마지못해 일어났다. 옷장 앞으로 가 장롱 거울에 비친 자신의 모습을 물끄러미 보았다. 중년을 추월하여 노년에 접어든 듯 술에 찌든 자신의 모습이 거기에 서 있었고, 그는 그런 자신의 모습을 기억에서 지우고 싶었다. 그는 마치 이부자리가 망각의 숲이라도 되는 양 다시 그 속으로 파고들어갔다. 이불을 머리 위까지 뒤집어

썼다.

'따르릉' 전화벨 울리는 소리가 깜박 잠든 그를 깨웠다.

"네, 황 부장님, 곧 도착할 거예요."

아내의 목소리가 들려왔다.

"나 오늘 회사에 안 나갈 거야."

그는 자신도 모르게 큰소리로 외쳤다.

"몸이 아파 병원에 들렀다 나간다고 했어요."

아내가 황 부장에게 거짓말을 하고 있었다.

"나 회사 그만두기로 했다고 해, 오늘부터."

그가 다시 큰소리로 외쳤다. 그는 속이 시원했다. 10년 묵은 체증이 내려가는 기분이었다. 그리고 그는 놀랍게도 무의식중에 한 말을 곧 실행에 옮겼다.


회상이 이 시점에 이른 순간 그는 지난 3년이라는 세월이 자신에게 무엇을 가져다주었느냐는 질문을 던졌다. 그것이 분명히 가져다준 것이 있다면 그의 나이 38세에 이미 중늙은이로 변해버린 정신과 육체뿐이라고 할 수밖에 없을 것 같았다. 그가 잠 속으로 빠져들어가면서 마지막으로 생각한 것은 누가 뭐라 해도 3년 전 그때, 그는 젊고 행복했으며 그리고 가난했다는 사실이었다.

## 2. 화려한 결혼식 : 이진범

- 사랑은 없고 정략만 있는 진성호의 결혼식장.
- 거품시대에서 볼 수 있는 최상류층의 저질스러운 결혼식 풍속도가 그려져 있다. 이 결혼식에 등장하는 인물들이 이야기를 끌어간다.
- 이 시대의 인간 '먹이사슬'은 아프리카 초원의 동물들 간에 벌어지는 먹이사슬과 다를 게 없다. 강한 자만이 살아남게 되어 있다. '장관 하는 것이 직업'인 인간이 그 좋은 예다.

"이 사장, 진 사장 동생이 내일 결혼하는 거 알지?"

대하실업주식회사의 하청 담당 황무석 이사의 혀 꼬부라진 목소리가 전화선을 타고 왔다. 이진범은 침대 옆 스탠드 스위치를 누르고 탁상시계를 보았다. 12시 40분. 그는 얼굴을 찡그렸다.

학교 몇 년 선배라고 반말 하는 건 그래도 모르는 체 받아들일 수 있었다. 그러나 자는 사람을 깨워 혀 꼬부라진 소리로 다짜고짜 하는 말이, 이미 그도 알고 있는 결혼식 얘기니 이진범도 기분이 좋을 리 없었다. 이진범은 옆에 누워 있는 아내를 보았다. 다행히 잠에서 깨지 않은 것 같았다.

"그런데요?"

이진범이 낮은 목소리로 말했다.

"그런데요라니? 바쁘더라도 잊지 말고 꼭 참석하라는 말이야."

"알겠습니다. 그렇지 않아도 참석하려고 했어요."

"혹시나 해서 전화한 거야. 진 회장이나 진 사장은 예의를 워낙 중요시하는 사람들이라서."

"알았어요. 고맙습니다."

이진범은 대답하며 전화를 끊었다. 그는 은근히 화가 났다. 진씨 가문의 예의라는 것이 기껏 결혼을 빌미로 해서 자기네 회사의 하청 일을 하는 소기업자로부터 돈을 뜯어내는 일이라는 게 기가 막힐 노릇이었다. 하기야 곰곰이 생각해보면 이상한 일도 아니었다. 지금에 와서는 무슨 세습적인 귀족의 후예인 양 거들먹거리지만, 일본인 회사의 종업원으로 일하다가 해방을 맞이하는 바람에 일본인이 버리고 간 방직기계를 훔쳐와 사업을 시작한 가문이니, 가문의 예의가 그렇다고 하더라도 탓할 바가 못 되었다.

전화를 끊고 잠자리에 다시 들었으나 선잠에서 깨어나서인지 잠이 오지 않았다. 이진범은 엎치락뒤치락하며 이런저런 생각에 잠겼다. 잠이 오지 않을 때는 항상 그러했듯이 쓸데없는 생각, 골치 아픈 생각이 꼬리에 꼬리를 물고 찾아왔다.

하청 금액에서 매번 얼마씩 떼어 정기적으로 상납했는데도 불구하고, 여차하면 세무서 관리 대접해야 되겠다느니, 퇴직하는 동료 환송회 비용이라느니, 외국 여행 보조비라느니…… 명목이란 명목은 있는 대로 붙여 뜯어가는 형국이니 2백 명 정도의 직공을 데리고 봉제업을 하는 이진범으로서는 견딜 재간이 없었다.

그뿐만이 아니다. 걸핏하면 납품한 생산품의 품질을 트집 잡아 벌과금을 매기는 터라 어떤 때는 너무나 억울하여 이판사판 따지고 싶었으나 그럴 입장도 못 되었다. 지난번 일만 해도 그랬다.

납품한 물건의 품질에 하자가 없다고 자기네들 검사원이 인정해주었는데도, 나중에 외국 바이어로부터 클레임이 들어왔다고 생떼를 부렸다. 결국 원래 합의한 하청 단가에서 10퍼센트씩 떼어서 갚기로 합의하고 말았다. 피해 보상금을 다 갚을 때까지 앞으로 6개월이 걸릴지 1년이 걸릴지 그동안 채산을 맞추기는 이미 틀렸으나, 그마저도 없으면 자력으로 시장을 개척할 능력이 없는 이진범으로서는 하루아침에 공장을 놀려야 할 형편이었다.

그러니 그냥 모든 걸 감수하는 수밖에 별다른 뾰족한 수가 없었다.

이진범은 옆으로 돌아누웠다. 잠이 오기는 영 틀린 것 같았다. 옆에 곤히 잠든 아내에게 시선이 갔다. 큰 죄를 짓고 있다는 느낌이 들어 가슴이 답답해왔다. 마흔이 안 된 나이에, 결혼한 지 15년이 지나지 않아 어린 두 딸을 키우는 가장인데 자신이 저지르고 있는 무분별함을 아내가 알면 어떡하나 하는 생각이 들자 이진범은 갑자기 공포에 휩싸였다. 그는 아내를 깨우지 않으려고 침대에서 살그머니 일어났다.

응접실을 거쳐 아이들 방 문을 조심스럽게 열었다. 안으로 들어가 두 딸 진희·진미의 목까지 이불을 덮어주고 방을 나오다가 뒤를 돌아보았다. 나란히 놓인 침대에서 자고 있는 아이들에게 잠시 시선을 주다가 1주일 전 자매가 싸운다고 손찌검을 한 일이 생각났다. 그는 침대로 다시 가 진희의 이마에 입술을 갖다댄 후 그 옆에 있는 작은딸 진미의 뺨에 입술을 대었다. 진미가 몸을 뒤척이더니 눈을 감은 채 두 팔로 그의 목을 껴안아왔다. 그는 잠시 그대로 있었다. 진미를 향한 고마움이 그의 가슴속을 가득 메워왔다. 아니, 그것은 가족 모두에게 느끼는 고마움이었다. 그 순간 내가 가족으로부터 사랑

받을 자격이 있는 가장인가? 하는 질문이 그의 머릿속에 자리를 잡았다. 그는 진미의 팔을 살그머니 내려놓고 아이들 방을 나왔다.

그는 응접실 벽에 붙어 있는 선반에서 위스키 병을 꺼내 잔에 가득 따랐다. 한모금 쭉 들이켠 후 소파에 앉았다. 가만히 생각해보니 지난 1년 동안 자신이 진미숙이라는 여자와 저지른 무분별함은 불장난이라 해야 함이 옳을 것 같았다. 그는 후, 하고 안도의 숨을 내쉬었다. 자신과 진미숙의 관계를 아내가 모르는 것은 정말로 다행이었다. 내일 저녁이 지나면 그녀와의 관계도 끝이 날 것이고, 아내만 모른다면 자신과 진미숙에게는 없었던 일로 잊힐 수 있을 것 같았다. 글쎄…… 정말로 잊힐까? 그는 자신이 서지 않았다. 그는 나머지 술을 단숨에 들이켠 후 소파에서 일어나 침실로 향했다. 그를 잠들게 하는 데 위스키가 도움이 되기를 바라면서. 그래서 진미숙이란 여자를 확실히 잊을 수 있기를 바라면서.

다음날은 화창한 봄날씨였다. 먼지를 휘몰고 다니는 봄바람이 거리를 다니는 사람들에게는 좀 성가실지 모르지만, 서울은 그야말로 올림픽 열기에 한창 달아올라 있었다.

세계인의 축제, 민족의 긍지……. 온갖 미사여구를 동원하여 포장된 서울올림픽. 마치 그것이 선진 문화국으로의 도약을 보장이나 하는 듯이 한반도 남쪽 사람들을 장밋빛 꿈속에 허우적거리게 했다. 비록 대부분의 사람들에게는 그것이 허망한 꿈일지 모르지만, 소수의 상류층 인사들은 실제로 장밋빛 꿈에 젖을 만했다. 그런 인사들 중 대하실업의 창업자인 진규식 회장이 속해 있는 것은 너무나도 당연하다. 특히 오늘은, 인생은 장밋빛 꿈이라고 진 회장이 주장해도 탓할 사람이 없을 것이다. 바로 오늘이 미국 유학을 끝내고 돌아온 진 회장의 막내아들 진성호, 그러니까 대하실업의 사장으로 있는 장남 진성구의 이복동생이 결혼하는 날이기 때문이다.

　결혼식 한 시간 전인데도 여의도 63빌딩 주위는 교통체증으로 몸살을 앓고 있었다. 올림픽대로에서 63빌딩으로 나가는 출구부터 시작하여 여의도 광장 방면에서 63빌딩으로 꺾이는 도로까지, 교통경찰까지 동원되어 이리저리 뛰어다니는데도 불구하고, 가히 거대한 주차장을 방불케 했다. 그 자동차의 무리에 청천물산 이진범 사장의 차도 끼어 있었다.

　뒷좌석에 몸을 깊숙이 묻은 이진범은 지난밤에 잠을 설친 탓으로 초췌해진 얼굴을 두 손으로 문지르고 있었다. 차가 좀처럼 움직이지를 않자 이진범은 초조한 듯 연신 손목시계를 보았다. 차에서 내려 걸어가야 할지, 조금 더 기다려보아야 할지 망설이면서 이진범은 주위를 두리번거렸다. 순간 그의 표정이 굳었다. 바로 오른쪽 옆 차에 이 나라 최고 권력자의 비서실장이 타고 있었다. 그는 얼른 왼쪽으로 시선을 옮겼다. 왼쪽에서도 누구인지는 모르나 차의 뒤꽁무니에 씌운 덮개 위로 별 네 개가 뚜렷이 윤곽을 드러내고 있었다.

'진 회장이 역시 세긴 센 모양이군.'

이진범은 그 광경에 감탄하면서도 얼굴에는 초조해하는 빛을 역력히 드러냈다. 거물들 틈에 끼여 왜소해지는 자신을 느껴서거나, 결혼식에 늦을까봐 초조해하는 것이 아니었다. 양복저고리 주머니에 있는 봉투 속 축의금 액수가 마음에 걸렸기 때문이었다. 회사를 나올 때는 그래도 큰맘 쓴다고 마련한 봉투인데, 막상 결혼식장이 가까워져 도로를 메운 자동차들의 행렬을 대하니 왠지 모르게 큰 실수를 저지르고 있다는 느낌이 들었다. 대하실업에서 받는 하청 일이 이진범 회사 외형의 주종을 이루고 있다는 사실 때문만이 아니다. 대하실업은 이진범 사장의 첫 직장으로, 3년 전 독립하여 청천물산을 설립하기까지 10년 남짓하게 대하실업의 녹을 받아왔다는 사실도 있었다.

"경리부장 바꿔줘요."

이진범은 카폰에 대고 말한 후 잠시 기다렸다.

"여의도 63빌딩으로 가는 중인데, 지금 곧 63빌딩 내에 있는 J은행 지점장 앞으로 돈 2백만 원 송금해줘요. 지금 곧…… 내가 지점장한테 받을 수 있도록……. 특별 자금에서 빼내요."

특별 자금이란, 수출용 원자재 일부를 내수시장에다 팔아 마련한 비자금을 의미했다. 비자금이 없이는 되는 일이 없으니 좀 위험하긴 하지만 다른 도리가 없었다.

이진범은 기분이 좀 홀가분해졌다. 축의금이 적어도 5백만 원은 되어야지 3백만 원은 아무래도 좀 약한 것 같았다. 대하실업의 황무석 이사가 직접 집으로 전화를 걸기까지 했는데 3백만 원은 분명히 문제가 있었다.

63빌딩에 들어서자마자 이진범은 먼저 은행으로 가서 송금된 2백만 원을 찾았다. 백만 원짜리 두 장을 '축 결혼'이라고 쓰인 봉투에다가 쑤셔 넣고 에스컬레이터에

올라탔다. 예식장이 있는 층에 내리기도 전에 운집한 축하객으로 압도되었다. 이진범은 어깨를 늘어뜨리고 고개를 숙인 채 하객들이 늘어선 줄 맨 뒤꽁무니에 섰다. 오지 말아야 할 곳에 온 듯한, 감히 끼지 말아야 할 곳에 낀 듯한 느낌을 떨쳐버릴 수가 없었다. 견디기 어려울 정도로 긴 시간이 지난 후 드디어 이진범의 차례가 왔다. 방명록에 이름을 적고 주머니에서 봉투를 꺼내려 했다.

"축의금은 받지 않습니다."

방명록 앞에 앉은 남자가 나직한 목소리로 정중하게 말했다. 축의금을 받지 않는다니 좀 의외였지만, 이진범은 이내 그 옆쪽에 서 있는 진 회장 앞으로 다가갔다.

"회장님, 축하드립니다."

68세 노인이라고는 믿기 어려울 정도로 건강한 혈색이 도는 진 회장에게 이진범은 허리 굽혀 인사를 했다.

"어, 이 사장, 사업 잘되지?"

이진범 뒤 길게 늘어선 축하객 쪽으로 시선을 보내며 진 회장은 거의 기계적으로 손을 내밀었다. 진 회장은 잡은 손으로 이진범을 옆으로 밀어내듯 했다. 그래도 이진범은 진 회장이 자신의 성이라도 기억해준 것이 고맙기도 했다. 그러면서 한편으로 진 회장의 기억력에 감탄했다.

"진 사장님, 축하드립니다."

진 회장 옆에 서 있는 진성구 사장에게 인사를 했다.

"와주셔서 고맙습니다."

진성구 사장이 화답하여 손을 내밀었다. 손이라기보다
나무막대기 같았다. 뻣뻣이 뻗은 손은 악수를 한다기보
다 상대에게 손끝을 살짝 잡고 꿇어앉아 그곳에 입맞춤
이라도 하라는 듯했다.

이진범은 마지못해 진 사장의 손을 잡고 흔들긴 했으
나 기분이 몹시 상했다. 38세로 동갑내기인 진 사장. 도
둑놈 심보를 가진 아버지를 두었다는 것 이외에 뭐 잘난
것이 있다고 자기를 하인 대하듯 한단 말인가? 이진범의
기분이 상하지 않을 수 없었다.

그러나 그런 이진범의 기분도 오래가지는 않았다. 하
객의 축하를 받는 진 회장 가족이 늘어선 줄 끝으로 갈
수록 이진범의 기분은 착 가라앉았다. 앞사람과 인사하
느라 다소곳이 고개를 수그린 진 회장의 외동딸이자 진
성구 사장의 여동생 진미숙이 진 사장 옆에 있었기 때문
이었다. 그녀의 얼굴에 잠시 이진범의 시선이 머물렀다.
30대 초반의 여자, 특히 결혼에 한 번 실패한 여자라고
는 도저히 믿어지지 않을 정도로 청순하고 우아한 미모

40

를 그대로 지니고 있었다.

그리고 그녀의 미모에는 진 회장 가족 특유의 거드름과 허식과 탐욕을 단연히 거부하는 겸손함이 배어 있었다. 저런 아버지한테서 어떻게 저런 딸이 나올 수 있을까? 하고 이진범은 새삼 의아해했다.

이진범은 식장에 들어가지 않고 식장 밖 복도에서 서성거리는 하객들 틈에 슬금슬금 끼어들었다. 그는 주위를 둘러보았다.

그곳에 서성거리는 하객들은 대개 세 부류로 분류될 수 있지 않을까, 하고 이진범은 생각에 잠겼다. 첫째는 식장 안에 들어가 자리잡기를 송구스러워하는 졸때기파, 둘째는 마지못해 축하하러 얼굴을 내밀었으나 빨리 자리를 뜨고 싶은데 회장 가족의 시선이 무서워 식이 시작되기만을 기다리는 겁쟁이파, 셋째로 그곳에서 서성거리다 필요한 사람이 나타나면 얼굴이라도 한번 더 익혀두려는 실속파라 할 수 있었다. 그렇다면 자신은 어느 파에 속하나? 두 번째 겁쟁이파에 속하겠지. 이진범은 씁쓸한 기분이 들었다.

진 회장 가족을 향하던 이진범의 시선이 얼른 방향을 바꾸었다. 진미숙의 시선과 마주쳤기 때문이었다. 언제부터인가 항상 여자 측이 시선을 피했으나 오늘은 그렇지 않았다. 오늘 저녁 호텔에서 만나 여자에게 할 말, 헤어지자는 말이 남자의 머릿속에 맴돌고 있었기 때문이었다.

그때 이진범의 시야에 진성구와 악수를 나누는 어떤 축하객의 모습이 들어왔다. 저 친구가 어떻게 여기에? 이진범은 사람들 틈을 빠져나왔다. 그 친구가 식장으로 들어가기 전 그의 어깨를 쳤다.

"권 의원, 이곳에 어떻게 왔어?"

이진범이 손을 내밀며 말했다.

"자네야말로 웬일이야?"

고등학교 동창인데도 누가 거물이 아니랄까봐 '자네'라고 부르는 권혁배 의원이 밉살스러웠다.

"난 이 집 하청 일을 하고 있어. 권 의원은?"

이진범이 말했다.

"난 진성구 사장과 S대 최고경영자 코스 동문이야."

"그래, 그런 인연이 있었군. 내가 한번 연락할게."

"그럼 언제 의원회관으로 전화해."

"알았어."

한껏 거들먹거리며 식장으로 들어서는 권 의원의 뒷모습에 이진범의 시선이 따랐다.

어디 엉터리 대학교에서 책과는 담을 쌓고 학생회 회

장을 한답시고 거들먹거리고 다니더니 하루아침에 운동권 학생으로 변신했다가, 감옥에 한두 번 갔다 온 후 어느새 재야인사로 불리며 어물어물 술집에 죽치고 앉아 젊은 애들 데리고 횡설수설 늘어놓으며 저녁시간을 보내더니, 어럽쇼!…… 고향에서 야당 지역구 공천을 받아 금배지를 떡하니 달고, '우매한 백성들아! 나를 보아라! 민주주의를 구하기 위해 내가 나왔다!'라고 외쳐대는 자가 바로 권혁배라는 자다. 참 학연을 필요에 따라 제멋대로 만드는 세상이구나, 라고 이진범은 중얼거렸다. 그런 자와 진 사장이 또 S대 최고경영자 코스 동문 관계라니. 언제부터 대학이 뚜쟁이 노릇을 시작했는지, 아무리 돈이 좋다고 해도 대학 이름 팔아먹고 방귀깨나 뀌는 놈은 이놈 저놈 다 긁어모아 인연을 맺어주고……. 이진범은 어이없어하는 표정을 지으며 조금 전 서 있던 자리로 되돌아갔다.

"어이, 이 사장."

누군가 어깨를 치는 바람에 이진범은 뒤를 돌아보았다.

"어, 백 사장 언제 왔어?"

"조금 전."

이진범은 백운직물의 백인홍 사장과 같이 복도 한구석으로 갔다. 백인홍 역시 대하실업의 하청 업무를 하고 있는 처지로서 이진범과는 어려울 때 서로 위로해주고 돕는 사이였다. 1년 전 어느 날 백인홍이 자기 회사의 어음 할인에 다른 회사의 배서 보증이 필요하다고 했을 때 이진범이 흔쾌히 응해준 이후로 두 사람 사이는 급속도로 가까워졌다. 이제는 서로가 서로에게 회사의 백지 약속어음을 교환할 정도로 가까워진 것이다.

"요즘 어때?"

이진범이 물었다.

"형편없어. 직공들이 사장 행세를 하려 드니 뭐 되는 게 있어야지."

노조 활동에 골머리를 썩이는지 백인홍이 한숨 섞인 불만을 털어놓았다.

"하청 단가는 안 오르는데 임금을 턱없이 올려달라니, 배길 재간이 있어야지."

백인홍이 한숨을 쉬었다.

"다 마찬가지야."

"나쁜 놈들. 공무원들은 손이 더 커지고, 은행놈들은 담보 내놓으라고 지랄이고, 이제는 노동운동한다는 놈들이 한술 더 뜨니 말이야."

백인홍이 화난 소리로 말했다.

"할 수 없지 뭐. 지금은 과도기야. 시간이 가면 해결될

44

거야."

"그때는 우리 모두 부도나서 감옥에 가 있을 거야."

백인홍이 투덜거렸다.

그런 백인홍이 충분히 이해가 되었다. 부친이 돌아가
신 후 갑자기 물려받은 섬유 직조 공장의 직원이 5백 명
이나 되니 골치 썩을 일이 한두 가지가 아닐 것이라고
이진범은 추측했다. 더구나 수출 비중이 높은 백 사장의
회사가 해외시장 개척을 대하실업의 해외 지점망에 전적
으로 의존하는 구조라서 결과적으로 대하실업 하청업체
로 전락하게 된 점으로 보아 자신의 회사보다 별반 나은
점이 없는 듯했다.

"진 회장 사돈은 뭐하는 사람이야?"

이진범이 물었다.

"이인환이라고, 대학 법학과 교수래."

"새로 얻은 며느리는?"

"미국에서 의류 직물 박사학위를 받았다지 아마."

"연애결혼인가?"

"교통부 장관이 중매를 섰대. 이 교수가 교통부 장관
하고 인척간이래."

그들 사이에 잠시 침묵이 흘렀다.

"세상이 좀 바뀌기는 하는 모양이지?"

이진범이 침묵을 깨뜨렸다.

"무슨 얘기야?"

"아니, 진 회장같이 돈에 미친 사람이 결혼 축의금을 안 받으니 말이야."

'축의금은 받지 않습니다'라는 정중한 사양의 말을 염두에 두고 한 말이었다.

"이 사장, 무슨 소리 하는 거야?"

백인홍의 반응에 이진범이 의아해하는 표정을 지었다. 그러자 백인홍이 이진범의 귀에다 대고 속삭였다.

"신랑 측 대기실로 가보면 비서실 직원이 있어. 우리 거래업자들은 그자한테 주게 되어 있단 말이야."

"그러면 그렇지."

이진범은 백 사장이 가르쳐주는 대로 한 층을 더 올라가 신랑 측 대기실을 노크했다.

대하실업 경리 담당 비서 김 차장이 문을 열어주었다. 그는 이진범이 축의금을 내밀자 '이러시지 않아도 되는데요. 사장님께서 고마워하실 겁니다'라는 말을 하며 널름 받아두었다.

이진범은 다시 결혼식장으로 내려왔다. 아직 식은 시작되지 않았다. 내로라하는 하객들의 모습이 여기저기 보였다.

이진범은 복도에 들어찬 하객들 사이를 비집고 들어갔다. 뒷전으로 진 회장의 너털웃음이 종종 들려왔다. 놀랍게도 진 회장은 하객의 사회적 지위에 비례하여 웃음소리를 내고 있었다. 그 웃음소리는, '봐라, 이런 권력자까지 나를 축하하러 오지 않았느냐'라고 주위 사람들에게 은연중에 과시하는 것 같았다.

"주고 왔어?"

백인홍이 옆에 다가서는 이진범에게 말했다.

"응."

두 사람은 구석에 서서 축하객들을 맞이하는 진 회장 일가에 시선을 주었다. 한 나라의 경제 각료들을 결혼식장에 옮겨놓은 듯 장·차관 할 것 없이 떼를 지어 몰려온 양상이었다.

"이곳에 오면서 차에서 비서실장을 봤는데……."

"아까 왔다 갔어……. 그 친구 진 회장 돈을 얼마나 처먹었길래 바쁜 시간 내어 여기에 왔을까……."

"……."

"시시한 돈 가지고 되겠어. 아가리가 딱 벌어질 정도로 앵겼겠지 뭐."

백인홍이 다시 말했다.

"이 사장, 저 친구 꼬락서니 좀 봐."

이진범은 백인홍이 턱으로 가리키는 곳으로 시선을 보냈다. 얼마 전 장관직에서 물러난 권기수 전 장관이 보였다. 진 회장 주위를 서성거리며, 축하인사를 끝마친 권력자들과 반갑게 만나 몇 마디 주고받는 데 정신이 없었다.

"저 친구 하는 짓 봐. 저러니 출세할 수밖에."

"왜? 샘이 나서 그래?"

이진범이 넌지시 농담을 했다.

"샘 좋아하네. 더러워서 그래."

백인홍이 투덜대듯 말했다.

"저 친구 지금 뭐하는 거야?"

"연구소 연다고, 권력자들한테 개소식에 와달라고 저 짓을 하고 있는 거지."

"정말 전직 장관다운 순발력이군."

이진범이 감탄을 했다.

"저 친구 또 장관 자리 차지하려고 엉터리 연구소 만

들어 로비 활동 무대로 삼으려는 거 아니겠어?"

"연구한다면 그런 줄 알지, 백 사장은 왜 그렇게 까다
로워?"

"연구는 대단한 연구지. 장관직 또 어떻게 차지하나
하는 연구니까."

백인홍이 어이없다는 표정 속에 말했다.

결혼식이 곧 시작되려는지 진 회장 가족이 식장으로
모습을 감추자 복도에서 서성거리던 하객들이 떼를 지어
에스컬레이터로 몰려들었다. 에스컬레이터 쪽으로 가면
서 계속 투덜거리는 백인홍의 어깨를 이진범이 다독거려
주었다.

에스컬레이터에서 내려 백인홍과 헤어져 출구 쪽으로
가던 이진범은 황무석 이사와 마주쳤다.

"교통정리를 좀 하느라고……."

황무석이 부산한 제스처를 보이며 말했다.

"그거 비서실 김 차장한테 전했어요."

이진범이 말했다.

"잘했어……. 오늘 저녁 시간 있지?"

"좀 바쁜 일이 있는데요."

이진범은 진미숙과의 약속을 염두에 두고 있었다.

"한잔해. 내가 한잔 살게."

"다음에 안 될까요?"

"무슨 급한 일이야?"

"집안일로⋯⋯."

"무슨 일인데?"

술을 한잔 산다는 것도 황무석으로서는 예삿일이 아니었다. 게다가 오늘따라 끈질기게 늘어지는 황무석의 태도를 이진범은 이해할 수 없었다.

"집에 제사가 있어서요."

이진범이 어물어물 말했다.

"제사 끝나고 만나면 안 돼?"

"다음에 하지요. 모처럼 한잔 사신다는데 죄송합니다."

이진범은 황무석의 눈 가장자리에 순간적으로 살짝 지나가는 음흉한 미소를 놓치지 않았다. 혹시 자신과 진미숙의 관계를 눈치챈 것은 아닐까? 이진범은 마음이 찜찜했다.

황무석 이사와 헤어져 빌딩 입구에서 차를 기다리고 있는 이진범 앞으로 대형 세단이 미끄러져왔다. 운전사 옆좌석에 앉아 있던 검은색 싱글 차림의 청년이 얼른 내려 차 뒷좌석 문을 열고 그 옆에 섰다. 이진범이 옆으로 물러서자, 곧이어 언론을 통해 낯이 익은 교통부 장관이 나타나 차 뒷좌석에 올라탔다. 뒤따라온 진성구 사장이 허리를 굽혀 장관에게 말하는 소리가 들렸다.

"장관님, 바쁘시더라도 요번 주에 점심시간 한번 내주십시오."

"그래야지. 내일 괜찮을 것 같기도 하고."

"비서실에 연락드리겠습니다."

"좋았어."

"왕림해주셔서 감사합니다."

진성구가 차에서 한 발짝 물러서자 비서가 뒷문을 닫았고, 차가 움직이기 시작했다. 진성구는 손을 슬쩍 들어 보이는 장관에게 허리를 90도로 숙여 인사를 한 후 옆에 서 있는 이진범을 보는 둥 마는 둥 허겁지겁 건물 안으로 뛰어갔다.

이진범은 혀를 찼다. 교통부 장관이 진 회장과 사돈 관계를 맺은 이인환 교수의 인척이라는 백인홍의 말이 떠올랐기 때문이었다. 새로운 관계를 맺은 즉시, 그것도 아직 결혼식도 끝나기 전, 새로 얻은 끄나풀을 잡아당기는 진 사장의 순발력이 경이롭기까지 했다. 누이 좋고 매부 좋다고, 장관은 마음 놓고 돈 먹을 수 있는 소스가 생겨서 좋고, 진 사장은 터놓고 부탁할 수 있는 끄나풀이 하나 더 생겨 좋고…… 이럭저럭 얽히고설키다 보면 한 사람 건너 끼리끼리 사돈이 될 판이니 저희들끼리 짝짜꿍이 되어 무슨 짓인들 못하겠나? 이진범은 고개를 절레절레 흔들었다.

"이 사장, 어느 쪽으로 가는 거야?"

이진범이 소리 나는 쪽으로 시선을 보냈다. 차창 밖으로 고개를 내밀고 소리치는 백인홍의 모습이 보였다.

"회사로 갈 거야."

이진범이 말했다.

"주차장 빠져나오려면 반 시간 이상 걸릴 거야. 내 차 타고 가다가 회사 앞에서 내려줄게. 기사한테는 연락하고."

"그렇게 하지."

이진범이 차에 올라타자 차는 움직였다. 그러나 63빌딩 구내를 빠져나가는 데도 10분은 걸려야 할 정도로 차는 좀처럼 나아가지를 못했다.

"저년 배짱도 좋지. 버젓이 결혼식에 오다니."

이진범이 백인홍이 턱으로 가리키는 옆 차에 시선을 주었다. 낯이 많이 익은 미인이 운전석에 앉아 있었다.

"저 여자 유명한 연극배우 아냐? 이혜정이라고."

"연극배우이자 진 사장 이거야."

백인홍이 새끼손가락을 들어 보였다.

"백 사장이 그걸 어떻게 알았어?"

유명한 여배우가 진 사장 같은 자의 숨은 여자 노릇을 한다는 것이 믿어지지 않아 이진범이 물었다.

"황무석한테 들었어. 이혜정이 진 사장 여동생 친구래. 오래전부터 내연 관계를 맺고 있다던데."

"글쎄, 황무석은 원래 허튼소리 잘하는 자 아니야?"

"진 사장 여동생도 행실이 좋지 않다고 해. 서른두 살밖에 안 된 여자가 아이도 있는데 이혼을 하고……."

이진범의 가슴이 두근거렸다. 무슨 일이 있어도 오늘 저녁으로 진미숙과의 밀애를 끝내기로 한 자신의 결심을 다시 한 번 다잡았다. 더이상 두 사람의 관계를 끌어가다가는 한 여자의 가슴에 깊은 상처를 줄 것 같았다. 뿐만 아니라 자신도 현재 위험한 밀애를 향유할 처지가 아님을 잘 알고 있었다. 누가 뭐라 해도, 또 어떻게 정당화시키더라도 그것은 죄악임에 틀림없었다.

이진범은 이를 악물었다. 그녀를 위해서, 자신을 위해서, 그리고 자신의 가족을 위해서 두 사람의 애틋한 감정은, 비록 그것이 아무리 순정하고 고귀한 것일지라도 영원히 과거 속에 파묻어 다시는 세상에 얼굴을 내밀지 않게 해야 한다고.

# 3. 높은 문턱 : 백인홍

- 중소기업 위에 군림하는 은행.
- '거품시대'라는 황금기를 맞는 관료사회와 그것과 극명하게 비교되는 중소기
  업인들의 참담한 상황이 그려져 있다.
- 사회지도층은 '천민자본가' 행세를 하는 사람들로 이루어져 있고, 이 부류에
  은행 임원들과 대기업 중역들도 포함되어 있다.

"A은행 광화문 지점으로 가."

백운직물의 백인홍 사장은 청천물산 사옥 앞에 이진범 사장을 내려준 후 운전기사에게 말했다.

결제할 자금이 몰려 있는 다음달 말까지 아직 한 달 반의 여유가 있는데도 백인홍은 왠지 불안감을 떨쳐버릴 수가 없었다. 얼마 전 지점장과 융자 건에 거의 합의해 두었던 터인데, 지난주 은행의 인사이동으로 갑자기 지점장이 바뀌는 바람에 또다시 손을 써야 할 판이었다.

다행히 전 지점장이 입행 동기인 후임자에게 잘 말해 두었다고 하니, 얼마나 믿어야 좋을지 모르지만 별문제

54

는 없을 것 같았다. 그래도 방심하고 있다가는 큰 코 다치기가 다반사인 은행 일이라 하루라도 빨리 새 지점장과 인사를 나누고 손을 써두는 것이 좋을 듯했다. 전 지점장은 돈을 너무 밝히는 점이 문제지 화끈하게 밀어주는 데는 도사였는데, 소문에 의하면 새 지점장은 좀 깐깐하다고 하니 그것도 마음에 좀 걸렸다.

백인홍은 차에서 내려 은행 안으로 들어섰다. 항상 느끼는 바지만, 은행에 들어설 때마다 백인홍은 왠지 모르게 기가 죽었다. 빚을 갚지 못해 전주(錢主)에게 미안한 감정을 갖는 빚쟁이의 심정이라고나 할까? 하기야 빚이 자꾸만 늘어가니 기가 죽는 것도 이상할 것은 없었다. 하지만 자기 돈도 아니면서, 또 자신과 같은 빚쟁이가 내는 이자 수입으로 먹고사는 은행원들이 자기에게 무력한 빚쟁이 보듯 하는 시선을 보내는 것은 몹시 불쾌했다.

"지점장님 계십니까?"

객장 내의 차장석도 공석이라 창구 뒤에 앉아 있는 여직원에게 물었다.

"차장님하고 거래처에 인사 다니러 가셨어요."

그래도 여직원이 상냥한 미소를 띠며 말했다.

"언제 들어오실까요?"

"곧 들어오실 거예요. 2층 회의실에서 기다리시지요."

백인홍은 2층으로 올라가 지점장실 옆 회의실 겸 대기실 내 소파에 털썩 앉았다.

돈 있는 놈과 돈 없는 놈, 돈놀이하는 놈과 사업하는 놈, 큰 사업 하는 놈과 작은 사업 하는 놈의 차이가 여기에 있구나, 백인홍은 속으로 투덜댔다. 어떤 놈은 지점장이 새로 부임하면 인사하러 와야 하고, 어떤 놈은 자기 사무실에 죽치고 앉아서 인사 오는 지점장을 만나주다니. 그는 침울해졌다.

열린 문 사이로 아래층 은행 내부가 환히 보였다. 객장 내 컴퓨터 터미널 앞에서 바쁘게 손놀림을 하는 여직원들과는 달리, 볼펜을 오른손에 들고 멍청히 앉아 있는 남자 직원들의 모습이 보였다. 열심히 일하는 여직원들한테 창피하지도 않은지 사내 녀석들이 멍하니 앉아 두리번두리번 천장만 쳐다보다니. 백인홍은 '쯧쯧' 하고 혀를 찼다. 그 순간 회사의 경리부장이 난데없이 대기실 안으로 얼굴을 쑥 내밀어 백인홍은 깜짝 놀랐다.

"주 부장, 무슨 일이야?"

백인홍이 물었다.

"대부계 직원이 들어오라고 해서 왔습니다."

"얘기 끝냈어?"

"네."

"무슨 일인데?"

"이달 말이 만기인 융자금 2억을 상환해야 된다고 하네요."

"누가 그래?"

"새 지점장님의 지시래요."

"전 지점장하고 1년간 연장하기로 합의했잖아?"

"그렇게 얘기했는데도, 대부계에서도 새 지점장 지시라 어쩔 수 없대요."

보통 문제가 아니었다. 회사 상황이 내달 말에 거액의 융자를 받아도 넘어갈 수 있을까 말까 한 판인데, 생각지도 않은 대여금을 상환하라니……. 그야말로 마른하늘에 날벼락이었다. 새 지점장이 누구 죽일 일 있나. 백인홍은 암담했다.

"알았어."

백인홍은 자리를 박차고 일어나 1층으로 내려왔다. 객장에 있는 직원에게 다른 급한 일이 있어 다음에 인사 오겠다는 말을 지점장에게 전해달라고 하고 급하게 밖으로 나왔다.

달리는 차 속에서 백인홍은 궁리를 해보았다. 전 지점장을 믿은 게 잘못이었다. 괜히 인사치레로 잘 말해두었다고 했지, 실제 돌아가는 형세로 판단컨대 둘 사이가 별로 좋지 않든지, 새 지점장이 거래 회사들 사정은 전혀 개의치 않고 무조건 실적 위주로 지점을 끌고 나가려고 하는 것이든지, 그렇지 않으면 또 다른 꿍꿍이속이 있을 것 같았다. 섣불리 덤벼들 일이 아니었다.

"이 기사, A은행 본점으로 가."

이 기사가 모는 차는 남대문을 삥 돌아 을지로 쪽으로 방향을 바꾸었다. 백인홍은 심사부 부장으로 영전한 전 지점장인 정 부장을 생각하니 기분이 언짢아졌다.

그래도 대학교 8년 선배라고, 선배님, 선배님 하며 갖은 아양을 다 떨며 궂은일이란 궂은일은 다 해줬을 뿐 아니라 로비 자금까지 아낌없이 대주었는데, 그까짓 일 뒤처리 하나 제대로 못해주고 훌쩍 떠나버리다니! 그렇지 않아도 어수선한 회사 분위기로 정신이 없는 판인데 이런 일로 속을 태워야 하는 백인홍의 감정이 좋을 리가 없었다.


얼마 후 A은행 입구에 도착한 백인홍은 차에서 내려 본점 건물 안으로 들어섰다. 텅 빈, 널찍한 로비를 지나 엘리베이터 앞에 섰다. 지하층에서 올라오던 엘리베이터가 만원인지 그냥 지나쳐 올라갔다. 옆쪽 문 열린 엘리베이터 쪽으로 시선을 옮기자, 미니스커트를 입은 팔등신 미인이 문 옆에 서서 흰 장갑을 낀 두 손을 맞잡고 서 있는 게 보였다. ××놈들! 백인홍은 욕지거리가 나오는 것을 꿀꺽 삼켰다. 미인이란 미인은 어디서 다 모아들였는지, 관공서나 은행 엘리베이터마다 하나씩 붙여놓았으니……. 하기야 이왕이면 미인을 두고 싶을 수밖에.

그때 수위가 헐레벌떡 엘리베이터 쪽으로 뛰어와 엘리베이터걸에게 엄지손가락을 들어 보였다. 조금 후 행장이 꺼덕꺼덕 걸어와서 미인의 90도 인사를 받으며 고개하나 까딱하지 않고 엘리베이터에 올라탔다. 미인이 뒤따라 타자 문이 닫혔다. 귀빈용이라고 써붙인 표지판 밑에 있는 신호등이 껌벅거리며 도착 층수를 알려주었다. 귀빈용 엘리베이터는 단번에 꼭대기 층까지 올라갔다. 백인홍은 자신이 기다리는 엘리베이터의 층 표지판으로 시선을 옮겼다. 층마다 불이 켜지며 굼벵이가 기어 내려오듯 하는 엘리베이터에 짜증이 났다.

그러는 사이 귀빈용 엘리베이터는 다시 1층으로 내려왔다. 미인이 나오더니 엘리베이터 앞을 서성거리며 손에 낀 흰 장갑의 마디 사이를 꼭꼭 누르고 있었다. 두 사람의 시선이 힐끗 마주쳤다. 백인홍은 얼른 시선을 들어올렸다. '귀빈용'이라는 표지가 다시 보였다. '귀빈

용…… 귀빈용……'. '×팔' 소리가 백인홍의 입에서 거의
터져나올 뻔했다. 그 미인도 거들먹거리는 꼬락서니로
봐서 보통 사람용이 되기는 이미 글렀다는 생각이 들어
서였다.

6층에서 엘리베이터를 내린 백인홍은 심사부의 문을
열고 들어섰다. 한 면이 유리로 된 사무실 안 널찍한 공
간에 띄엄띄엄 책상이 놓여 있었다. 창 옆에 놓인 상급
좌석에 있는 자는 의자를 아예 창 쪽으로 돌려놓고 비스
듬히 앉아 오후의 따스한 봄볕을 만끽하며 반 수면 상태
에서 무슨 책을 읽는 듯했다. 쥐 죽은 듯이 고요한 정적
속에 서류를 뒤적이는 몇 사람 이외에는, 다들 그들에게
거대한 유산을 남겨줄 친척이 죽기만을 느긋하게 기다리
는 모습이었다. 기가 막히는 인내심을 가진 사람들이다,
라고 백인홍은 감탄했다.

부장실 옆 테이블에 앉아 있는 비서에게 명함을 내놓
았다.

"부장님 계시는지요?"

"약속하셨어요?"

비서가 명함을 훑어보며 물었다.

"아니오. 그냥 잠깐 인사드리러⋯⋯. 잘 아는 사이니까 말씀드려보세요."

"지금 통화 중이시니 잠깐 기다리세요."

잠시 서서 서성거리고 있자 통화가 끝났는지 비서가 명함을 가지고 부장실로 들어갔다.

"들어오세요."

비서가 다시 나와 말했다. 백인홍이 비서가 열어주는 문으로 들어섰다.

"어, 백 사장, 웬일이야?"

정 부장이 소파에 앉은 채 손을 내밀었다.

"급히 의논할 일이 있어서요."

"급하긴⋯⋯ 뭐가 그리 급해. 너무 조급해하지 말고 천천히 살라고."

백인홍이 푹신한 소파에 앉았다.

"사정이 좀 급하게 됐어요."

"무슨 일인데?"

"지점 대부계에서 그러는데 이달 말에 만기가 돌아오는 융자금을 상환해야 된대요."

"그래? 은행 전체적으로 위에서 크레디트 라인을 줄이

라고 야단이기는 해."

지점을 떠나기 전 철석같이 믿게 만들고는 지금 와서 엉뚱한 얘기를 꺼내는 정 부장이 야속했다.

"어떻게라도 연기를 해야지, 지금 회사 형편상 상환할 능력이 안 돼요……."

"회사 형편이 어때서?"

"직공들은 노조를 한다고 날뛰고……."

백인홍은 순간 아차 하고 말끝을 흐렸다가, 자세를 고쳐 앉으며 다시 말했다.

"그거야 뭐 별거 아니지만…… 자금 계획을 세우지 않았던 일이라……."

사실인즉, 노조 문제가 별거 아닌 건 아니었다. 잘못하면 매우 심각한 문제로 발전할 판이었다. 몇몇 주동자들이 순진한 직공들을 악바리 정치꾼들보다 더 지독하게 뒤에서 밀어붙이니, 사장이 이 일에 전적으로 들러붙어도 해결하기가 어려운 판인데 은행이나 찾아다녀야 하는 자신이 한심하게 느껴졌다. 그렇다고 회사 사정 얘기를 늘어놓았다간 은행이 몸을 사리기 시작할 것이고, 그렇게 되면 엎친 데 덮친 격이 된다는 것을 백인홍이 모를 리 없었다.

"뭐 담보 더 넣을 거 없어?"

정 부장은 역시 타고난 은행가다웠다.

"담보란 담보는 동생 것까지 다 넣었는데요……. 정 그렇다면 적금이라도 들면 안 될까요?"

"그것도 도움이 되긴 하겠지……. 여하튼 상환 연기를 하는 데 명분은 제공해야 할 거야."

"좀 밀어주세요."

백인홍이 애원하듯 말했다. 글쎄, 하며 눈을 감고 잠시 생각에 잠기던 정 부장이 갑자기 옆에 있는 수화기를 들었다.

"미스 김, 송 상무님 방에 손님 있나 알아봐."

정 부장이 고개를 젖히고 천장으로 시선을 보냈다.

송 상무라면 정 부장이 지점장으로 있을 때 서너 번 오붓한 술자리를 마련한 적이 있었으므로 백인홍도 잘 아는 사람이었다. 오붓한 주석이란 다름이 아니라 송 상무가 총애하는 아가씨가 있는 한남동의 고급 살롱을 말함이다.

술집에 있기는 아깝다는 생각이 들 정도로 수려한 외모도 외모려니와 차분한 성격을 지닌 아가씨인데, 뭐 그렇다고 송 상무가 치근덕거리거나 그녀와 특별한 관계를 맺고 있는 것 같지는 않았다. 그냥 옆에 앉혀놓고 비싼 양주를 홀짝홀짝 마시며 환갑이 가까운 나이에 어울리지 않게 이런저런 이야기로 둘이서 소꿉장난하듯 하며 저녁 나절을 보내곤 했다. 물론 그 일로 깨진 것은 백인홍의 돈이었지만.

얼마 안 있어, 비서가 송 상무가 혼자 있다는 전갈을 보내왔다.

"온 김에 송 상무에게 인사나 하고 가. 김 지점장도 송 상무 말이라면 꼼짝 못할 거야."

정 부장이 소파에서 일어나며 말했다.

"제가 사정을 설명해볼까요?"

백인홍이 따라 일어나며 말했다.

"오늘은 그냥 인사나 하고 가. 내가 알아서 처리할 테 니 며칠 내로 점심시간을 내달라고만 해봐. 전에 말했던 새로운 융자 건도 있고 하니 말이야."

"점심은 어디서 할까요?"

"송 상무는 특급호텔 일식집 정코스를 좋아해. 1인당 6만 원인데 그만한 가치가 있어. 그건 나중 문제고……. 자, 올라가지."

그들은 방을 나서 엘리베이터를 타고 꼭대기 층에서 내렸다. 구두 신은 발을 올려놓기가 미안할 정도로 푹신 한 붉은 주단 위를 몇 발자국 걸어가 엘리베이터 구역을 벗어나자 양쪽으로 뚫린 복도에 비서인 듯한 여직원들이 방 문 옆마다 두 사람씩 짝지어 앉아 있었다. 그들 모두가 동시에 자리에서 벌떡 일어났다가 정 부장과 백인홍 두 사람을 보고는 곧장 자리에 앉았다. 복도를 걸어가며 백인홍은 등골이 오싹해옴을 느꼈다. 뭐랄까? 중세의 막강한 성주(城主)가 기거하는 성에 들어온 기분이랄까, 그렇지 않으면 오랜 역사를 지닌 셰익스피어극 전용극장 속에 있는 느낌이랄까?

어두컴컴한 실내조명, 붉은 주단, 고급 티크 목재 벽, 거의 완벽에 가까운 정적, 짝지어 앉아 있는 비서들의 엄숙한 표정…… 이 모든 것이 「햄릿」의 막이 올라가기 직전의 무거운 분위기를 연상시켰다.

복도 맨 끝에 있는 송 상무 방으로 가 두 비서 앞에 섰다.

"상무님한테 내가 왔다고 해."

정 부장이 말했다.

"잠깐 기다리세요."

비서가 일어나 뒤쪽에 있는 대기실 문을 열었다. 정 부장이 대기실로 가지 않고 서성거렸다. 그는 미소 지으며 두 손을 모아 자신의 뺨에 갖다 대었다. 비서가 미소 지으며 고개를 끄덕끄덕했다. 보나마나 특급호텔에서 6만 원짜리 일식 정코스로 2시간이 넘게 포식을 했을 터

이니 포만감에 견딜 수 없어 낮잠이라도 자야겠지. 백인
홍은 추리했다. 두 사람은 널찍한 대기실 소파에 마주
보고 앉았다.

---

"송 상무님 임기가 언제 끝나지요?"

대기실 소파에 그냥 앉아 있기도 어색해 백인홍이 물
었다.

"금년 말."

"연임이나 영전이 될까요?"

"걱정 없어. 송 상무 동서가 청와대 비서실에 있어. 백
사장도 송 상무에게 지금 잘해두면 도움이 될 거야."

잘해야 된다는 정 부장의 말에, 백인홍은 겁이 더럭
났다. '잘한다'는 말은 항상 사례를 의미했기 때문이었
다. 이번 융자금 상환 연기 건과 내달 융자금 신청 승인
건으로 또 얼마를 갖다 바치라고 정 부장이 코치할지,
백인홍은 생각만 해도 온몸에 소름이 돋는 것 같았다.
돈도 돈이지만 이리저리 뜯어 맞추다보니 경리 장부가
엉망이 될 판인데, 부가세 조사니 법인세 실사니 하고

언제 들이닥칠지 모르는 세무쟁이들의 등쌀은 또 어떻게 견디나? 그리고 무엇보다 그렇잖아도 지금 받는 수출 하청 단가로는 적자를 면하기 어려운 판인데 이리저리 뜯기고 나면 회사가 어떻게 살아남지? 백인홍은 속이 답답해져왔다.

잠시 후 전화벨이 은은히 울렸다. 전화를 받은 비서가 일어나 주방으로 갔다가 차를 가지고 나오면서, 들어가세요 하고 정 부장에게 말했다.

송 상무 방에 들어서자, 먼지 하나 없는 큼직한 직사각형 회의용 탁자가 눈에 띄었다. 구석에 놓인 육중한 금고, 그 옆에 있는 최고급 책상이 몹시 위압적이었다. 한쪽 벽에 붙어 있는 고급 가죽소파 세트가 반쯤 열린 커튼 사이로 들어오는 오후의 봄빛을 받아 은은하고도 고급스러운 빛을 발하고 있었다.

소파의 상좌에 앉아 부스스한 눈을 비비며 덤덤한 표정을 짓는 송 상무에게 백인홍이 허리 굽혀 인사를 하곤 그가 턱으로 가리키는 자리에 앉았다.

"백 사장, 요새도 술 실력이 대단한가?"

"뭘요……."

과거에 술자리에서 만났을 때는 그렇지 않았는데 송 상무가 몹시 어렵게 느껴졌다. 위압적인 방 분위기 때문일 거라고 백인홍은 짐작했다.

"나는 이제 나이가 들어서 그런지 완전히 한물갔어."

송 상무가 말했다.

백인홍은 미소로써 답하며 특급호텔에서의 점심 대접
보다는 이왕이면 전에 서너 번 들렀던 살롱으로 모시는
게 훨씬 좋으리라는 생각이 문득 들었다.

"백 사장이 온 김에 상무님께 인사나 드린다고 해서
요……."

"어, 잘 왔어. 백 사장 요새 사업은 어때? 직원들이 말
썽은 일으키지 않나? 요새 사업하는 사람들, 다들 큰일
났다고 야단이던데."

"저희 회사는 별문제 없습니다. 뭐 크게 하는 사업이
아니니까 이럴 때일수록 노사가 서로 도와야지요."

"다행이야. 백 사장은 원래 의리가 있는 사람이니까
직원들도 잘 따르겠지."

그놈의 빌어먹을 의리라는 게 바로 큰 문제다, 라고
백인홍은 속으로 투덜댔다. 건수마다 제때 꼬박꼬박 잘
갖다 바치고, 명절날 잊지 않고 뭉칫돈 건네주는 게 의
리로 치부되는 세상이니, 한심한 생각이 들었다. 의리
없는 사람으로 취급되어도 좋으니 제발 건수를 부탁할
필요가 없고, 명절날 돈 싸들고 다니지 않는 인생을 내

게 다오. 백인홍은 속으로 빈정댔다.

"뭐 의리랄 게 있습니까? 모두가 열심히 일해 잘살아 보겠다는 게 목적인데요……."

백인홍이 겸손한 미소를 지으며 어물어물했다.

"새로 부임한 김 지점장 만나보았나?"

"아직 못 만나뵈었습니다. 곧 인사드리러 가야지요."

"좀 깐깐한 친군데 알고 보면 좋은 사람이야."

"상무님, 요번 주에 시간 좀 내주십시오. 백 사장이 점심 대접을 하고 싶다고 해서요."

정 부장이 끼어들었다.

"글쎄, 뭐 사업하느라고 바쁜데 나한테 신경쓸 거 있어?"

"아닙니다. 한번 꼭 모시고 싶습니다. 정 부장님이 지점에 있을 때 상무님이 많이 도와주셨는데 예의도 못 차리고 해서요……."

백인홍이 거들었다.

"뭘 그까짓 거 가지고……. 그럼 저……."

송 상무는 자리에서 일어나 슬리퍼를 질질 끌고 책상으로 가 탁상달력을 뒤졌다.

"모레 점심때로 하지."

"네, 그때 뵙겠습니다."

정 부장이 백인홍의 옆구리를 툭 쳤다.

"그럼 가보겠습니다."

백인홍이 자리에서 일어나며 말했다.

"아니, 차라도 하고 가지."

"아니, 괜찮습니다."

그들은 자리에서 일어났다.

송 상무 방을 나와 엘리베이터가 오기를 기다리며 정 부장이 백인홍에게 의미 있는 말을 던졌다.

"찬스를 잘 잡은 것 같아."

"……."

무슨 뜻인지 알 수 없어 백인홍이 의아해하는 시선을 보냈다.

"내주부터 국정감사가 시작돼."

"네?"

백인홍은 여전히 말귀를 알아듣지 못하는 표정을 지었다.

"국회의원들 입 틀어막는 데 송 상무가 이게 꽤 딸릴 거야."

정 부장이 엄지와 장지로 동그라미를 만들었다. 그때서야 백인홍은 정 부장이 왜 점심으로 정했는지 알아챘다. 물론 정 부장을 통했지 직접 전한 건 아니지만, 송 상무에게 돈을 전해줄 때는 항상 저녁이 아니고 점심 약속을 했었다는 사실이 떠올랐다. 모레 점심까지 뭉칫돈을 마련해야 된다는 생각을 하니 아찔했다. 백만 원짜리 몇 다발을 장만해야 하지? 빌어먹을, 이왕 이런 개판이라는 것을 세상이 다 아는데, 돈다발이 아니라 점잖게 수표로 전할 수라도 있다면 덜 치사한 기분이 들 텐데…… 백인홍은 속으로 허탈하게 웃었다.

잠시 후 정 부장이 엘리베이터에서 내린 후 백인홍은 허허로운 마음에 황망히 엘리베이터 벽을 응시했다. '오늘의 명언'이라는 타이틀 밑에 쓰인 글이 걸작이었다.

'정직은 가장 가치 있는 재산이다.'

그는 터져나오는 웃음을 참았다.

얼마 후 백인홍이 출입구를 나서자 수위 서너 명이 행장을 배웅하는 모습이 보였다. 일렬로 서서 허리 굽혀 인사하는 그들을 뒤로하고 행장의 차는 막 떠나고 있었다. 백인홍은 그곳에 서서 행장의 차가 구내를 빠져나갈 때까지 멍청히 보고 있었다. 1년만 행장 노릇을 하면 구차하게 손을 벌리지 않아도 평생 놀고먹으며 살 수 있는 재물이 생긴다는 누군가의 말이 생각났다. 하기야 틀린 말도 아닌 것 같았다. 명절 때마다 최소한의 정표로 거래처 백 군데서 3백만 원씩 가져다주면 3억…… 명절이 최소한 1년에 두 번은 돌아오지 않는가? 그리고 거래처가 백 군데밖에 안 되겠나? 하물며 명색이 행장인데 이른바 '의리'의 사나이들이 3백만 원밖에 안 주겠나? '×같이!' 백인홍의 입이 점잖지 못하게 그런 세 글자를 만들어내고 있었다.

백인홍이 탄 차가 복잡한 광화문 네거리를 지나고 있을 때 '삐' 하고 카폰이 울렸다.

"사장님이세요? 급한 일로 사장님의 결재가 필요해서 전화드렸습니다."

회사의 경리부장인 주 부장의 전화였다.

"무슨 일이야?"

"노조 관계 일입니다. 전화로 말씀드리기 곤란합니다."

"지금 어디야?"

"S호텔에 있습니다."

"가는 길이니 15분 내로 가지."

"로비에서 기다리고 있겠습니다."

약 20분 후 백인홍이 S호텔 로비에 들어서자 얼굴이 상기되어 있는 주 부장이 그를 맞이했다.

"도대체 무슨 일이야?"

백인홍이 선 채로 물었다.

"저도 전혀 몰랐는데요, 생산관리부의 엄기석이 오늘 아침 노조 결성에 필요한 서류를 가지고 노동부에 신고하러 가는 것을 생산부 김 부장이 잡았답니다."

"그래서 지금 어떤 상태야?"

"김 부장이 엄기석을 붙잡고 지금 호텔방에서 설득하고 있는데 쉽지 않은 것 같습니다."

"김 부장은 뭐라고 해?"

"아무래도 엄기석을 데리고 일단 서울을 빠져나가 설악산으로 가서 구워삶는 수밖에 없다고 합니다."

"그렇게 하지, 그럼."

"엄기석한테 돈을 안겨야 될 것 같답니다. 그자도 그런 내색을 은근히 비치고……."

"얼마나?"

"천만 원 정도는 있어야 씨가 먹힐 것 같답니다."

이제는 말단직원한테까지 뇌물을 써야 하다니! 기가 막힐 일이었다.

"그냥 노조 결성 신고하라고 해!"

백인홍이 화를 벌컥 냈다.

"노조가 결성되면 외부 세력이 관여하게 되고, 그러면 우리 같은 규모의 회사가 문을 닫는 건 시간문제입니다."

"······알았어, 김 부장하고 의논해 조용히 처리해."

백인홍이 소리 지르듯 말하곤 출구로 향했다. 모든 것이 거꾸로 돌아가고, 모든 것이 돈 놀음이라는 생각을 그는 지울 수가 없었다.

# 4. 어떤 가풍 : 진성구

- 기업 운영의 필요악 비자금 조성.
- 젊은 재벌 2세 진성호는 '사람을 믿지 말라'는 가훈과 '돈의 위력은 무한하다'
  라는 미국 사회의 교훈으로 무장되어 있다. 이 두 가지는 가장 잔인한 인간을
  만들기에 좋은 조합이다.
- 기업의 비자금이 그 기업의 성패를 결정하는 요인이 될 수도 있다. 그래서 비
  자금 조성방법에는 별의별 수단이 다 동원되나 결국에 가서는 그 책임이 중소
  기업으로 전가되어 중소기업에게 치명적인 요소로 작용한다.

동생 진성호 부부가 신혼여행차 아버지 진 회장 집
을 떠난 직후, 대하실업 진성구 사장은 아버지 집을 나
섰다. 높다란 담으로 둘러쳐진 고급 주택이 밀집해 있는
동네를 빠져나가는 차 속에서, 진성구는 기분이 썩 좋지
않았다. 나이 사십에 둔 막내아들의 혼례를 치르는 날이
니 아버지가 기뻐하는 것은 당연한 일인지 모른다. 진성
구는 그렇게 기뻐 어쩔 줄 몰라하는 아버지의 모습을 본
적이 없었다는 생각이 들었다.

엉터리 미국 대학에서 받은 명예 경영학 박사학위를
고려하지 않는다면, 초등학교도 제대로 나오지 못한 아

버지. 그런 아버지가 박사학위를 딴 막내며느리를 맞이한 것이 집안의 경사라면 경사일 수 있었다. 게다가 필혼이 아닌가. 그러나 그것 외에 다른 이유가 있다는 믿음이 진성구의 마음에 걸렸다. 애첩의 소생인 동생을 진 회장이 편애한다는 생각을 떨쳐버릴 수가 없기 때문이었다.

"구 비서."

진성구는 카폰을 들고 말했다.

"난데, 회사는 별일 없지? ……나 지금 어디 좀 들렀다가 회사로 갈 테니 무슨 일 있으면 차로 전화하고…… 경리부 박 상무 좀 바꿔줘."

진성구는 잠시 기다렸다가 다시 말했다.

"그럼 돌아오거든 나한테 차로 전화하라고 해."

진성구는 카폰을 내려놓았다. 그리고 고개를 뒤로 젖혀 받침대 위에 올려놓고 눈을 감았다. 차는 짜증스러울 정도로 굼벵이 걸음을 하고 있었다. 아비규환 속인 늦은 오후의 서울 중심부 거리는 자동차의 엔진 소리, 클랙슨 소리, 교통경찰의 호루라기 소리와 함께 낮게 깔린 매연으로 숨이 차 허덕거리고 있었다.

그런 어수선한 거리가 오늘따라 진성구에겐 더 짜증스러웠다. 아버지가 해도 해도 너무한다는 생각이 진성구의 머릿속에서 지워지지 않았다. 대학 입시에 미역국을 먹은 김에 유학이랍시고 미국에 가 고급 스포츠카나 몰고 다니며 노랑머리 애송이들과 계집질만 한 놈한테…… 나이나 듬직하면 몰라도 기껏 스물여덟 살밖에 안 된 놈한테…… 더군다나 적자도 아니고 서자에게…… 사업 경험도 별로 없는데 그룹 내 알짜배기 중의 알짜배기 직책인 종합기획실 기획과장직을 당장 맡기겠다니…… 그것도 사내에서 잘 알려진 나의 심복을 밀어내고 그 자리를 주겠다니! 진 사장은 '꿍' 하는 신음소리를 애써 삼켰다. 그런 엉뚱한 발상이 도대체 어디서 나왔는지? 사업을 속속들이 아는 아버지가 아무리 나이가 들었다 하더라도 아직까지는 사업에 관한 한 귀신인데 그런 무모한 짓을 할 리는 없고……. 얌전한 현모양처인 양 새침만 떠는 서모의 모습이 진성구의 눈앞에 어른거렸다.

"차가 너무 밀리는데요. 사장님, 다른 길로 갈까요?"

"괜찮아. 다른 길도 마찬가지일 거야."

기사가 묻는 말에 답하며 진성구는 눈을 떴다.

그는 다시 고개를 뒤로 젖혔으나 이번에는 눈을 감지 않고 차창 밖으로 시선을 보냈다. 우연찮게도 옆 택시 속에서 예쁜 아가씨들이 재잘거리며 그에게 아는 체하는 눈길을 보내고 있었다. 어느 술집인지는 기억 못하겠지만, 대개가 낯익은 얼굴들이었다. 하나같이 동생 공부시킨다느니, 늙은 부모 때문이라느니 눈물겨운 이야기를 지껄여대지만, 워낙 밝히는 여자들이라……. 진성구는 얼른 시선을 거두었다. 지금 그에게는 그런 데 마음을 쓸 여유가 있지 않았다. 오늘 아침 출근 전 LA 지점 지점장에게 전화를 건 이유도 답답함을 견딜 수 없어서였다.

대학교 선배인 이현식을 무리하게 이사로 승진시켜 LA 지점에 책임자로 보낸 게 진성구 자신이니, 그래도 이 사람은 믿을 수 있다고 생각했었다. 그런데 지난 6개월 동안 해온 일을 보면 자기한테는 통상적인 업무 보고만 하고, 실제 중요한 사항은 어물어물 넘기는 기색이 역력했다. '세상에 믿을 놈 없다'는 말이 빈말이 아닌 것 같았다.

진성구는 아무리 생각해도 아버지가 좀 심하다는 생각이 들었다. 무작정 뿌린다 하더라도 수출을 계속하는 이상 계속 쌓이는 돈을 어디에다 쓰려고 나에겐 손도 못 대게 하는 것인가! 그는 심사가 뒤틀렸다. 게다가 이제는 영감이 한술 더 떠 해외 비자금 담당책인 기획실 과장에 서자를 임명했으니! 그는 '음' 하고 신음을 토해냈다.

구체적으로 합의한 사항은 아니지만, 5년 전부터 부자

간에 철저히 지켜온 불문율이 있었다. 그것은 비자금 관리에 관한 것이었다. 주로 수출용 원자재 '로스'분의 내수 판매로 발생하는 비자금은 국내의 여러 단자 회사에 가명으로 적립되어 아버지 관리하에 있었고, LA 지점에 극비리에 적립되는 외자분 비자금은 진성구의 심복인 기획실 과장을 통하여 자신의 관리하에 있었던 것이다. 외자분 비자금이란 일본산 원자재나 기자재를 구입하면서 일정 비율, 구매가의 2~3퍼센트를 커미션 형태로 미국에서 달러로 받아 그곳에 적립하는 자금을 의미했다.

이렇게 비자금이 해외에서 적립된다는 사실도 아버지가 가르쳐준 것이 아니었다. 5년 전 우연히 어떤 사건이 터진 후 알게 되었다. 진성구의 머릿속에 아직도 생생하게 남아 있는 그 사건은 회사 사장직을 막 맡았을 때 일어났다.

진성구가 사장직을 맡으면서 첫 번째로 시도한 것은 일본으로부터 수입하는 원·부자재의 구매가격 인하였다. 일본과 미국의 다른 공급업체들에게 같은 질의 원·부자재에 대한 가격 견적서를 받아보았다. 예상했던 대로 현재 지불하고 있는 가격보다 작게는 5퍼센트, 크게는 8퍼센트까지 낮았다.

얼마 후 진성구는 오랫동안 거래해왔던 일본 회사의 지점장을 고급 기생집으로 불러냈다.

"나카무라 상, 제가 사장에 취임했으니 축하를 해주세요."

밤이 깊어 주흥이 무르익어갈 때쯤 진성구가 넌지시 말했다.

"축하합니다."

나카무라는 자리에서 벌떡 일어나 한국식으로 큰절을 하며 너스레를 떨었다. 역시 노련한 장사꾼이라는 사실을 부인할 수 없었다.

"그게 아니고 좀더 실속 있는 방법으로……."

진성구가 자기보다 스무 살이나 연상인 나카무라를 일으키며 말했다.

"무슨 일이든 하명만 하십시오. 어떤 여배우라도 이름만 대면 대령시키겠습니다."

"나는 여자에는 취미가 없고, 돈에 취미가 있는 사람입니다."

"여자와 돈은 같이 오는 겁니다. 돈이 있으면 여자도 오게 되어 있고, 여자가 없으면 돈도 찾아오지 않습니다."

나카무라는 여전히 말귀를 못 알아들었다.

"귀사에서 공급하는 원·부자재 값을 평균 6퍼센트 정도 내리면 어떨까요?"

나카무라는 진담인지 농담인지 얼떨떨해하며 진성구의 표정을 살폈다.

"우리 두 회사가 한두 해 거래한 것도 아니고 앞으로도 계속해서 유지할 처지니 그 정도는 협조해주셔야지요."

진성구가 이번에는 정색을 하며 다시 말하자 나카무라의 표정이 굳어졌다.

"다른 일은 다 하겠습니다마는 가격 인하는 곤란합니다. 사장님께서 이해해주십시오."

"다른 공급 회사로부터 이미 가격을 받았어요. 평균 7퍼센트 정도 낮더군요."

진성구는 느긋한 마음으로 나카무라의 표정을 엿보았다.

"그러셨겠지요. 그러나 가격 인하는 불가능합니다. 회사 경영진의 정책이라서요."

나카무라는 조금도 동요하는 빛이 없이 의기양양해했다.

"그래도 본사에 연락해보세요."

"그러겠습니다만 결과는 마찬가지일 겁니다."

진성구는 매우 불쾌했다. 그의 단호함을 도저히 이해
할 수 없었다.

　나카무라와 회동한 후 1주일을 기다렸는데도 그로부
터 가타부타 아무런 연락이 없자, 진성구는 별수 없이
공급선을 바꿔야겠다고 마음을 정했다. 그는 그동안 알
아본 여러 공급처와 가격 대비를 해보고 거기에 따른 절
감 효과를 조사하라고 경리부에 지시했다. 태어나서 처
음으로 아들 노릇을 해보는구나, 아버지가 얼마나 좋아
하실까, 그는 몹시 흥분해 있었다.

　며칠 후, 진 회장과 마주 앉은 자리에서 진성구가 보
고서를 내놓으며 말했다.

　"아버지, 원·부자재 공급선을 바꿔야겠어요."

　"왜?"

　진 회장이 깜짝 놀라는 표정을 지었다.

　"이 보고서를 보세요. 결과적으로……."

　"잠깐!"

　진 회장은 손을 들어 아들의 말을 끊으며 보고서를 훑
어보았다. 진성구는 아버지가 보고서를 훑어보는 동안
느긋한 마음으로 기다렸다.

　"괜한 짓을 했어."

"네?"

진성구는 깜짝 놀랐다.

"왜 시키는 일은 안 하고, 나한테 묻지도 않고 이따위 짓을 했어? 너 할 일이나 잘할 것이지."

진 회장이 소리를 꽥 질렀다. 그때서야 진성구는 아버지가 무엇인가 숨기고 있다는 것을 직감했다.

일본 회사가 커미션을 적립시켜주고 있었다는 것을 그때 알았다. 나카무라의 음흉한 미소와 건방진 태도를 생각하니 분통이 터졌으나, 진성구는 어쩔 도리 없이 참는 수밖에 없었다. 나카무라가 아버지 목에 칼을 대고 있다는 것을 알았기 때문이었다. 아버지는 몸을 파는 불쌍한 창녀 신세이고, 나카무라는 창녀를 손아귀에 넣고 있는 깡패였다.

하기야 5년이 지난 지금에 와서 생각해보니 아버지가 한 일이 틀렸다고만 할 수 없었다. 지난 5년 동안 한 차례의 대통령 선거와 두 차례의 국회의원 선거를 치르면서 비자금이 없었다면 회사가 어떻게 되었을까? 하는 생각을 하니 아찔했다. 접대가 소홀하다고 권력자들의 미움을 받아 호되게 씹히거나, 회사 경리가 작살이 나거나, 또는 회사 중역들에게 약점을 잡혀 그들 눈치 보는 신세가 되었을 것이 너무나 뻔했다.

삐, 하는 카폰 소리가 진성구의 차 안에서 울렸다.

"잠깐 기다리세요. 사장님, 경리부 박 상무님이신데
요."

진성구는 배 기사가 내미는 카폰을 들었다.

"박 상무님? 회사엔 별일 없지요?"

"네, 별일 없는데요. 오늘 결혼식은 대단히 성황이었
습니다. 오실 분들은 대개 다 오신 것 같고요. 지금 내왕
한 하객들에게 감사장을 송부할 준비를 하고 있는 중입
니다."

"알았어요. 수고가 많았어요. 저, 다름이 아니라……."

진성구는 잠시 뜸을 들였다. 박인태 상무가 정말로 믿
을 수 있는 사람인지 아닌지 저울질을 해보는 중이었다.
영감이 워낙 고단수라 조직 내 어디에나 손을 안 뻗치는
데가 없으니, 비록 나이는 한 살 아래지만 자신의 손윗
동서 되는 박 상무일지라도 안심할 처지가 아니었다.

"지금 옆에 아무도 없어요?"

"네, 저 혼자 있습니다."

"다름이 아니라…… 기흥건설 사장이 몇 시에 회사로 오게 되어 있나요?"

"4시 30분에 제 사무실로 오게 되어 있습니다."

"물건도 가지고 오지요?"

"네, 가지고 올 겁니다."

"그때까지 회사에 들어갈게요."

"네, 알겠습니다."

전화를 끊은 후 달리는 차 속에서 진성구는 권력자의 사촌동생을 생각하고 있었다. 여당 공천을 받아서 이틀 후 T시에서 지구당 창당을 하게 되어 있는 그자한테 기회를 놓치지 말고 한 뭉치 안겨야 하는데 그 자금을 이제 마련한 셈이다. 기흥건설이 건설 계약금을 2퍼센트 높여 계약하게 되어 있었고, 그 차액은 진성구 자신의 비자금으로 들어오도록 이미 약속이 되어 있던 터였다.

진성구가 탄 차가 르네상스 호텔 현관 앞으로 미끄러지듯 들어갔다. 그는 차에서 내려 호텔 안으로 들어섰다. 로비를 지나 커피숍으로 가는 동안, 구석진 곳에서 일어나는 황무석과 눈이 마주쳤다.

"어떻게 됐어요?"

진성구가 황무석 앞자리에 앉으면서 물었다.

"잘됐습니다. 저의 정보로는 오늘 저녁에 관세청 심리분실이 움직일 것 같습니다."

"청천물산의 이진범 사장은 지금 회사에 없지요?"

"알아본 결과 연락이 닿지 않는다고 합니다."

"어떻게 알아보았지요? 혹시 눈치를 채지나 않았는지……."

"아닙니다. 그냥 업무 관계로 연락을 취하라고 했는데 아직 연락이 안 됩니다. 차로도 연락을 해보았고요. 기사도 이 사장이 어디 있는지 모른답니다."

'이 자식이, 오늘도 미숙이를 데리고……'라는 생각이 문득 떠오르자 진성구는 기분이 언짢았다.

"회사 내에서 아무도 모르는 걸 보니 이 사장이 아마 은밀한 곳에 간 모양입니다."

묻지도 않았는데 지껄이는 황무석에게 진성구는 질타하는 시선을 보냈다. 황무석의 말 중 '은밀한 곳'이 어디를 가리키는지 진성구는 눈치챘다. 이진범이 진성구의 하나밖에 없는 여동생인 진미숙을 데리고 간 곳을 의미했다.

"청천물산의 원자재 국내시장 유출 액수가 꽤 크겠지요?"

진성구가 물었다.

"꽤 클 겁니다."

"그러면 형량이 얼마나 될까요?"

"족히 5년은 될 겁니다. 벌금 등으로 회사가 즉시 작살 나는 건 말할 것도 없고요."

5년간은 아니더라도 2~3년만 감옥에 집어넣어 버리면 여동생과의 관계는 끊어지리라고 진성구는 확신했다. 얼마 전 여동생 미숙이가 유부남인 이진범과 불륜관계를 맺고 있다는 사실을 황무석으로부터 전해 들었을 때 느꼈던 분노가 새삼스레 그의 가슴을 휘저어놓았다. 자신의 대학 동창인 이성수 교수와 결혼 2년 만에 헤어진 것도 창피스러운 일인데, 이제 유부남과 놀아난다는 소문이라도 나면 그야말로 낯을 들고 다니지도 못할 것 같았다.

"보안은 철저히 했지요?"

진성구가 걱정스러운 표정 속에 물었다.

"아무도 모릅니다. 사장님과 저 외에는……."

"누가 관세청 심리 분실에 제보했어요?"

진성구는 보안이 아무래도 마음에 걸려 다시 물었다.

"제가 직접 전화로 했습니다."

"익명으로요?"

"물론이지요."

"익명제보인데 심리 분실에서 움직일까요?"

"움직일 겁니다. 보상금이 걸려 있으니까요."

"여러 가지로 고마워요. 내 이 은혜를 잊지 않을 거요."

"무슨 말씀을……. 사장님댁 신세 지고 있는 놈이, 처자도 딸린 주제에 그 은혜도 모르고 하도 괘씸해서……."

"그럼 결과가 나오는 대로 나한테 연락해줘요."

진성구가 자리에서 일어나려고 했다.

"또 한 가지 의논드릴 일이 있습니다."

"뭔데요?"

진성구가 다시 자리에 앉았다.

"백운직물 백인홍 사장 아시지요?"

"알지요."

"그자가 우리 회사 바이어들한테 자꾸 집적댑니다."

"직거래를 하겠다고요?"

"네, 한둘도 아니고…… 별의별 짓을 다해 바이어들을 구워삶고 있습니다."

"그래서요?"

"그래서 혼을 좀 내주려고 합니다."

"어떻게요?"

"백 사장 회사에 주던 하청 일을 다른 곳으로 좀 돌려야겠습니다."

"……."

진성구는 황무석의 의도를 이해할 수 없었다. 혼을 내주려면 다른 방법도 있을 터인데, 주던 하청 일을 갑자기 안 주면 죽으라는 소리와 마찬가지인데 그것은 좀 심하다는 생각이 들어서였다.

"뭐 오랫동안 그럴 건 아니고요, 일부분을 얼마 동안만이라도 그랬으면 해서요."

황무석이 진성구의 마음을 읽었는지 슬그머니 말을 바꾸었다.

"알아서 하세요."

진성구가 일어나면서 말했다.

현관 앞에서 차를 기다리며 진성구는 아무래도 기분이 찜찜했다. 오늘 저녁 이진범이 작살이 나기 때문도 아니고, 또한 백인홍이 곤경에 처할 것이기 때문도 아니었다. 황무석의 태도가 마음에 걸렸다. 왠지 모르게 황 이사의 태도가 전과 달랐다. 뭐라고 할까, 공갈 비슷한 음흉함이 그의 말투에 묻어 있었다.

신혼여행길에 오른 진 회장의 막내아들 진성호 부부는 제주도로 향하는 비행기 안에 나란히 앉아 있었다. 훤칠한 귀공자 타입인 신랑 못지않게 알맞은 키에 아름다움과 우아함을 두루 갖춘 신부는 주위 사람들의 시선을 끌기에 충분했다.

"무슨 책을 읽으세요?"

신부 이정숙이 영어 포켓북을 읽고 있는 신랑 진성호에게 물었다.

"아, 이거 하워드 휴즈에 관한 책이야."

포켓북의 표지를 신부에게 보이고는 진성호가 미소를 띠며 말했다.

"그 사람, 세계에서 제일 부자인데 영양실조로 죽었다면서요? 유산을 남길 가족 한 사람도 없었다는데 사실이에요?"

"맞아. 그러나 멋진 인생을 살았다고 할 수 있지. 이 친구 어땠는지 알아? 자기가 불면증에 시달리자 텔레비전 방송국에 전화를 해 밤새도록 영화를 계속 방영해달라고 했다는 거야."

"방송국에서 미쳤다고 했겠네요."

"그랬지. 그래서 다음날 방송국을 사버렸어. 미쳤다고 한 사람은 다음날 쫓겨나고. 멋지지 않아?"

"그게 멋져요?"

"그 이상 멋진 일이 어디 있어. 남자는 자기 멋대로 하는 게 가장 멋진 거야."

"자기도 돈 벌면 그자처럼 멋대로 할 거예요?"

"돈을 벌면? ……돈을 벌고 난 다음에 답을 해주지."

이정숙이 꼬집자 진성호는 엄살을 떨었다.

사실인즉 그가 돈을 벌겠다는 가정을 한 것 자체도 엄살이라고 할 수 있었다. 이미 돈을 번 거나 마찬가지였기 때문이다. 그것도 보통 돈이 아니라 거대한 부, 어느 누구도 평생 동안 쓸 수 없는 천문학적인 재력, 즉 대하실업을 손아귀에 넣는 것을 의미했다. 그 순간 진성호의 머릿속에서는 숫자가 나열되고 있었다.

대하실업의 주식은 아버지 진 회장이 31퍼센트, 이복형인 진성구 사장이 12퍼센트, 이복누이인 진미숙과 어머니 금진희 여사가 똑같이 7퍼센트, 자신이 8퍼센트, 그리고 나머지는 소액 주주들에게 분산되어 있었다.

진성구와 진미숙이 소유한 주식을 합하면 19퍼센트, 어머니와 자신의 것을 합하면 15퍼센트, 차이가 4퍼센트가 된다. 하지만 이 차이는 이미 옛날 일이 되어버렸다.

진성호가 귀국한 후 지난 3개월 동안 증권시장을 통해 남의 눈에 띄지 않게 조금씩 사놓은 주식이 총 주식의 6퍼센트가 되니, 벌써 어머니와 자기의 몫이 이복형과 누이의 몫보다 2퍼센트가 더 많은 셈이었다. 그렇다고 마음을 놓을 순 없었다. 형도 몰래 주식을 사놓았을 수도 있고, 또한 형이 5년 동안 사장직에 있으면서 회사 외형을 확장해놓았으므로 단순히 숫자상의 힘만 가지고 하루아침에 몰아낼 수는 없는 일이기 때문이었다. 그뿐만이 아니다. 아버지가 형을 못마땅해하고 자기를 편애한다는 것을 알고 있긴 하지만 노인의 마음이라 언제 변할지 모르는 일이었다. 또 한 가지, 발행 주식의 25퍼센트를 소유하고 있는 서너 군데의 기관투자가들도 무시할 순 없었다. 그들이 경영권을 넘보는 것은 아니지만 경영권의 향방에 영향력을 행사할 수 있었다.

"앞으로 계속 아주버님 밑에서 일할 거예요?"

이정숙이 묻는 말에 진성호는 어이가 없다는 표정을 지었다.

"내가 형 밑에서 일할 사람 같아?"

"그러면 회사를 새로 세울 거예요?"

"아니, 있는 회사를 두고 회사를 왜 새로 세워?"

이정숙이 흐뭇한 표정을 지으며 창밖으로 시선을 보내

자 진성호는 덧붙여 말했다.

"잘 들어둬. 15년 후면 사람들이 내가 누구 아들인지 기억하지 못하게 회사를 지금의 몇 백 배로 키울 거야. 형은 그런 재목이 못 돼."

이정숙이 진성호에게 의미심장한 눈길을 보냈다. 그 눈길은 불길하게도 진성호가 바라는 흠모의 눈길이 아니었다. 혹은 미숙 누이가 간직하고 있는 애처로움의 눈길도 아니었다. 그 눈길은 자신과 비슷하게 끊임없는 욕구를 발하는 눈길이었다. 문득 앞으로의 결혼생활이 평탄할 수 있을까 하는 의구심이 진성호의 가슴에 자리를 잡았다. 그러나 그는 곧 그 의구심을 지워버렸다.

"저기 내려다보세요. 아름답지요?"

아내의 말에 진성호는 상체를 일으켜 바다를 내려다보았다. 그의 눈에 비친 바다는 아름다운 것이 아니라 거대한 것이었다. 그는 다시 자리에 앉으며 말문을 열었다.

"나중에 회사 이름을 바꿀 거야. 대하(大河)실업이 아니라 대해(大海)실업으로."

두 사람은 서로 마주 보고 미소 지었다.

대해실업…… 대해실업…… 진성호는 마음속으로 불러보았다. 멋진 이름이었다. 언젠가 때가 오면, 그때가 언제가 될진 모르지만, 대해실업의 이름을 5대양 6대주

세계 어느 곳에서나 알려지게 할 것이고, 그때 나는 세계에서 손꼽히는 거부가 되어 있을 것이라고 자신에게 속삭였다. 진성호는 흥분을 가라앉힐 수가 없었다.

얼마 후 그는 보던 책을 덮고 옆에 있는 아내에게 시선을 주었다. 어느새 잠이 들었는지 눈을 꼭 감고 있는 아내는 명석한 두뇌 못지않게 젊고 아름다웠다. 하지만 명석한 두뇌는 배신을 잉태하기 십상이고, 젊음은 항상 이기적이며, 아름다움은 어리석은 자들의 눈을 멀게 하기 마련이다, 라고 그는 중얼거렸다. 누군가 말하지 않았던가? 남자가 역경에 처했을 때 믿을 수 있는 것은 은행 예금과 늙은 마누라와 기르던 개밖에 없다고.

진성호는 아내에게 마음속으로 경고했다. 너의 두뇌를 뽐내지 말고, 너의 젊음에 의지하지 말며, 너의 아름다움을 믿지 말라고. 왜냐하면 세월의 흐름에 따라 두뇌는 녹이 슬게 마련이고, 젊음은 흘러가고, 아름다움은 사라지게 되어 있기 때문에…… 세월의 흐름도 건드릴 수 없는 것, 세월의 흐름이 더한 빛을 보태주는 것은 세상에서 오로지 하나, 거대한 부밖에 없기 때문이었다.


덜커덕 하는 소리와 함께 기체가 기우뚱하며 활주로에 내려앉았다.

"드디어 도착했네요. 이곳에 있을 동안은 우리 모든 걸 잊어버려요."

아내의 들뜬 목소리에 진성호가 대답 대신 심각한 표정을 지었다.

"아니, 난 평생 동안 한순간이라도 잊을 수 없는 게 있어."

"그게 뭔데요?"

이정숙이 의아해했다.

"농담이야. 아무것도 아니야."

진성호가 미소 속에 말했다. 그러나 아무것도 아닌 게 아니었다. 그의 어린 시절의 기억, 지울 수 없는 기억 속에 자신의 어머니가 성구 형 어머니에게 수모당하던 장면이 꿈틀거리고 있었다.

# 5. 건설 야화 : 박인태

- 건설 관계 커미션이 기업 비자금으로 둔갑.
- 비자금 조성에 연관된 돈세탁과 조직의 공범자가 되는 과정이 그려져 있다.
- 범죄조직에 못지않게 기업의 범법행위는 살아남기 위한, 피할 수 없는 행위로서 그 원인제공은 정치자금과 정치인의 요구임이 드러난다.

진 회장댁의 대사가 무사히 치러진 날 오후 4시 30분경, 대하실업 진성구 사장의 손윗동서로 대하실업의 막강한 자리인 경리 담당 임원직을 맡고 있는 박인태 상무는 잠시 휴식을 취하고 있었다. 그러나 그의 휴식은 오래가지 못했다. 기흥건설 사장이 왔다는 비서의 전갈이 인터폰을 통해 들렸다.

"들어오시라고 해."

기흥건설의 김인곤 사장이 환한 표정을 지으며 상무실에 들어섰다.

"박 상무님, 고맙습니다. 저희 회사에서 최선을 다하

겠으니 걱정 마십시오."

김 사장이 박 상무의 손을 잡으면서 미소 속에 말했다.

"앉으십시오. 김 사장님. 축하합니다."

외형이 4백억 원밖에 안 되는 기흥건설이 5백억 원짜리 대하실업 공장 신축공사를 맡았으니 실로 축하할 일이었다.

박 상무가 인터폰으로 비서에게 차를 시키고는 덧붙였다.

"미스 김, 나한테 전화 연결하지 말고 아무도 들어오지 못하게 해."

김 사장이 다소 긴장된 표정을 지었다.

"요새 사업은 어떻습니까?"

박 상무가 인사차 물었다.

"공사는 많은데 뭐 이윤이 남아야죠. 워낙 건축자재 값이 올라서요."

"기술자 확보는 어떻습니까?"

"말도 마십시오. 건축기술자는 말할 것도 없고 인부 구하기도 보통 일이 아닙니다."

비서가 차를 가지고 오자 그들의 대화는 잠시 중단되었다. 비서가 나가면서 문을 닫자 김 사장이 윗옷 속주머니에서 두툼한 봉투를 꺼내어 박 상무 앞에 놓았다.

"10개 은행이 발행한 1억 원짜리 통장이 10개입니다."

김 사장이 목도장 10개도 꺼내놓으면서 말했다.

박인태 상무는 봉투 속에 든 10개의 통장을 꺼내 통장의 예금주 이름과 목도장에 새겨진 이름을 하나하나 맞춰보는 척하면서 이모저모 따져보고 있었다. 혹시나 일이 잘못되어 자금 추적을 당할 경우에 대비해 회사가 피해를 입지 않도록 해놓는 것이 경리 담당 상무의 소관이기 때문이었다.

과거의 예로 보아선 야당으로 흘러들어가는 돈이면 탐정소설이 무색할 정도로 여러 경로를 통해 돈세탁 과정을 거쳤으나, 여당의 경우는 거의 신경 쓰지 않는 게 사실이었다. 여당의 실력자인 경우, 세무서 직원이 법인 실사 시 발견할 수 있도록 때로는 의도적으로 경리 장부에 버젓이 올려놓는 경우도 있었다. 세무서 직원이 괜히 한 건 잡았다고 파고들다가 수혜자의 신원을 파악하고는 덜컥 겁을 집어먹고 그때부터 세무실사를 하는 둥 마는 둥 쉽게 넘어간 적이 한두 번이 아니었기 때문이었다.

"5천만 원짜리로 했으면 좋았을 텐데……."

박 상무가 넌지시 한 마디 던졌다.

"아닙니다. 1억 원짜리라도 걱정 마십시오. 다섯 번이나 현금 처리를 했으니까요."

다섯 번의 현금 처리란 여러 금융기관을 거치며 예금과 현금 인출을 다섯 번이나 반복했다는 뜻이라는 것을 박 상무도 알고 있었다. 즉 돈세탁을 다섯 번 했다는 말이었다.

"어떻게 했지요?"

"……."

"못 믿어서가 아니라, 혹시 추적이라도 당할 경우 저도 알고 있는 게 좋을 것 같아서요."

"추적할 수 없게 되어 있습니다. 한꺼번에 한 곳에서 한 게 아니고 여러 번에 나누어서 은행·단자회사·신용금고 등등 여러 곳에서 했으니까 괜찮습니다. 저희 회사가 건설 일이 많아서 노임 지급 등 항상 현금이 필요하다는 것은 금융기관에서도 잘 알고 있으니까요."

김인곤 사장이 자신 있게 말했다.

박 상무는 일이 어떻게 돌아가는지 몰라서 김 사장에게 꼬치꼬치 캐묻는 것이 아니었다. 기흥건설이 세무 조사를 당할 때를 대비하여 그 불똥이 대하실업으로 튀지 않도록 김 사장에게 서류상으로 완벽하게 준비할 것을 다짐하는 데 그 목적이 있었다.

"김 사장님은 주도면밀하시군요."

박 상무가 만족해하며 말했다.

박 상무의 말에 의기양양해진 김 사장은 벌써부터 자기 손에 쥐어질 총 공사금액의 10퍼센트인 50억 원짜리 수표의 감촉을 상상하며 흐뭇해하고 있었다. 50억 원이란 돈은 대하실업 공장 건물의 선수금이었다. 원칙적으로 따지면 수입이 아니고 채무이긴 하나, 그것은 외형이 4백억 원밖에 안 되는 기흥건설의 김 사장으로서는 큰 액수임이 틀림없었다. 물론 수지 타산을 세밀하게 분석해보지도 않고 커미션 조로 선수금의 20퍼센트인 10억 원(계약금의 2퍼센트)을 선수금 수령과 동시 대하실업에 내놓기로 약속한 것은 무리였다. 그러나 수지 타산은 나중 문제이고 당장 회사가 돌아가려면 현금이 돌아야 할 판이었는데, 50억 원이란 돈은 김 사장에게는 구세주와 같았다.

　그러나 김 사장은 마음 한구석에서 찜찜함을 떨쳐버릴 수가 없었다. 견적서 작성을 책임지고 있는 기술 담당 이사가 그 액수로는 큰 적자를 면할 수 없으니 손을 대지 말아야 한다고 누누이 강조한 점이 떠올랐기 때문이었다.

　"저희 건물 지어서 적자나 나지 않겠습니까?"

　박 상무가 김 사장의 마음속을 훤히 들여다보듯 지나가는 말처럼 질문을 던졌다.

"괜찮습니다. 저희 회사는 간접비가 다른 회사보다 적으니까요."

못된 궁리를 하다가 부모에게 들킨 아이처럼 김 사장은 얼른 자리를 고쳐 앉으며 말했다. 간접비가 적다는 것은 새빨간 거짓말이었다. 고리대금업자로부터 사채도 끌어 쓰는 판이라 금융비용이 높아 간접비가 다른 회사보다 많으면 많았지 적은 편은 아니었다.

"건설업계가 워낙 덤핑이 심하더군요."

박 상무가 딴전을 부렸다.

"그렇습니다. 정부에서 건설 면허를 남발하니 너나 할 것 없이 멋모르고 한탕하려고 덤비는 업자들이 많지요."

"작은 회사뿐만 아니라 유수한 건설회사도 마찬가지더군요."

"큰 회사는 작은 회사 작살내고 저희들끼리 해먹으려고 무조건 덤핑을 하고 있지요."

"저희들도 견적서 들어온 것을 보고 깜짝 놀랐습니다. 내정가보다 그렇게 낮을 줄은 예상 못했으니까요."

"지금 건설 분야 분위기가 그렇습니다. 무조건 잡아놓고 보자는 거지요."

박 상무는 김 사장의 눈을 응시했다. 기흥건설보다 큰 다른 회사가 기흥건설보다 더 낮은 가격으로 견적했다는

사실을 김 사장이 분명히 알아들었는지 확인할 목적이었
다. 그래야만 총 계약 금액의 2퍼센트 커미션이 정당화
되기 때문이었다.

"구매부의 황무석 이사하고는 인척간이 되신다면서
요?"

박 상무가 넌지시 물었다.

"네, 황무석 이사가 저와 이종사촌간입니다."

황 이사가 이 공사에 김 사장을 끌어들였으므로, 도
움을 주었다기보다 오히려 주체 역할을 했다고 할 수
있었다.

"황 이사가 김 사장님의 사업에 관심이 많더군요."

"아무래도 그렇겠지요."

"저한테 몇 번 찾아와서 기흥건설을 밀어달라고 생떼
를 쓰더군요."

"귀찮게 해드려서 죄송합니다."

박 상무가 황 이사 이야기를 꺼낸 것은, 황 이사가 떼
를 쓴 것도 사실이고 또한 총 계약 금액의 2퍼센트를 커
미션으로 처음 제안한 것도 황 이사의 입을 통해서이지
만, 커미션에 관해서 괜히 허튼소리를 하고 다니지 말라
고 김 사장에게 다짐하기 위해서였다.

김 사장은 50억 원짜리 수표의 촉감이 만져질 듯 만져

질 듯하다가 빠져나가지 않나 걱정이 되어 안절부절못했다. 자신이 건네준 10억 원을 집어넣었으니 50억 원짜리 보증수표를 자기에게 건네주면 되는 일을 가지고 왜 쓸데없는 이야기로 이렇게 시간을 질질 끄나? 김 사장은 미칠 지경이었다.

"잠깐 나갔다 오겠습니다."

박 상무가 김 사장에게 양해를 구했다.

드디어 혼자가 된 김 사장은 초조해지기 시작했다. 그는 벽시계에 시선을 주었다. 4시 50분. 5시 반에는, 어제 커미션을 마련하기 위해 일시 대월을 해준 은행에 10억 원을 갚기로 되어 있고, 6시 반에는 이종사촌인 황무석 이사와 함께 벽제 땅의 땅주인을 만나기로 되어 있었다. 더구나 오늘 땅주인에게 계약금과 중도금으로 30억 원을 전해주기로 되어 있지 않은가. 약속을 지키지 않았다간 땅주인의 마음이 변할지 몰라, 김 사장은 약속시간에 늦을까봐 마음이 조마조마했다.

사실 김 사장 자신도 대하실업의 공장 건설이 적자라는 것을 모르는 바가 아니었다. 이 판에서 20년 이상을 굴러먹었는데 모를 리가 없었다. 어느 누구보다도 잘 알고 있었다.

하지만 어떤 건축주든 건축비 절감과 실속(커미션)을

다 차리고 있으니, 건물을 지어주고 이익을 남기기는 그른 일. 그러니 이곳저곳에 아파트를 지을 만한 땅을 무리하게라도 확보해두는 수밖에! 그리고 때가 되면 아파트 건축 허가를 얻어 크레인으로 지하만 적당히 파놓은 다음 분양 광고를 내 한몫 잡기를 기대하는 수밖에! 회사는 돌아가야 하고, 또 회사가 살아남으려면 거기에 기대를 거는 수밖에! 김 사장은 그렇게 자위했다.

"사장님, 기흥건설 김 사장이 왔습니다."

사장실에 들어서며 박 상무가 하는 말에, 소파에 앉아 신문을 보던 진성구가 고개를 끄덕였다.

"김 사장이 가지고 온 1억 원짜리 통장 10개입니다."

박 상무가 소파에 앉으면서 두툼한 봉투를 꺼내 탁자 위에 내놓았다.

"현금 처리를 다섯 번 했다고는 하지만 쓰시기 전 한 번쯤 더 하는 게 좋을 것 같습니다."

"누굴 시키지요?"

"용도에 따라 다릅니다만……."

"우 회장 선거 자금으로 주려고 하는데……."

우 회장이라면 보선에 출마하는 권력자의 사촌동생이니 별로 신경을 쓰지 않아도 될 것 같다고 박 상무는 생각했다.

"그럼 뭐 별로 걱정하시지 않아도……."

그러나 반드시 그렇지도 않다고 진성구는 생각했다. 우 회장이 권력자의 사촌동생이라 권력의 핵심 중의 핵심이지만, 우 회장과의 관계가 잘못 알려지면, 아직은 권력자의 외척에 권력이 넘어가 있는데 그들의 눈 밖에 나 언제 철퇴를 맞을지 모르는 일이었다. 이런 사정까지 박 상무는 이해하지 못했다.

"한 번 더 세탁을 해야겠는데 누굴 시키지요?"

진성구가 박 상무에게 물었다.

"글쎄요……. 구매부 황무석 이사가 어떨까요? 원래 기흥건설과 다리를 놓은 게 황 이사이니 황 이사 시켜서 원·부자재 공급업자한테 부탁하면 쉬울 텐데요."

"그렇게 하세요……. 황무석 이사, 그 사람 믿을 만합니까?"

"일을 깔끔하게 처리하는 것 같습니다."

'깔끔'하게 처리한다는 말을 하면서 박 상무는 세 가지 의미를 머릿속에 두고 있었다. 첫째는 하청업체들이 사정 기관이나 공정거래위원회에 너절한 투서를 하는 일이 전혀 없었고, 둘째는 경리부에서 부탁하면 하청업자를 통해 영수증을 제때에 구해다주었으며, 셋째는 3개월에 한 번씩 주기적으로 거마비로 쓰라고 적지 않은 금액을 자신에게 상납한다는 것이었다.

진성구가 테이블로 가 금고 안을 뒤졌다. 수표를 꺼내어 소파에 앉으면서 박 상무 앞으로 내밀었다.

"50억 맞지요?"

"네, 맞습니다. 그럼 기흥건설 김 사장에게 주겠습니다."

"기흥건설이 건축 이행 보험은 들었겠지요?"

"네, 들게 했습니다."

"하자 보수 조항도 철저히 해놓고요?"

"네, 까다롭게 해놨습니다."

"저…… 이 커미션 관계는 회장님은 모르시는 일입니다. 나하고 박 상무만 알고 있으니 회장님이 혹시 물으시더라도 그런 일 없다고 하세요. 최저가로 견적한 회사가 기흥건설이라고만 하고요."

"네, 알겠습니다."

"그리고 5천만 원짜리 통장 20개로 만드세요. 각각 다른 은행에서……."

1억 원짜리 통장 10개를 집어 박 상무에게 주며 진성구가 말했다.

"그렇게 하지요. 예금주를 누구로 할까요?"

"아무나 좋소. 우리하고 관계없는 가명으로 하세요. 그리고 예금통장과 도장을 나에게 주고요."

"언제까지 하면 될까요?"

"모레 아침에 우 회장 지구당 창당대회에 참석하려면 내일 저녁 비행기를 타야 하니까 내일 오후 4시까지 나한테 주면 돼요."

"알겠습니다."

박 상무가 일어서서 나가다 말고 뒤돌아보았다.

"사장님, B은행장 비서실장한테서 오후에 전화가 왔는데요……."

"무슨 용건으로요?"

"돌아오는 월요일에 재무부 장관이 은행장들과 저녁 약속을 했다고요……. 이번에 우리 회사가 협조해주었으면 하던데요."

"얼마나?"

"보통의 경우 재무부 장관이 소집하면 은행장들은 적어도 2천만 원씩은 들고 가야 한답니다."

"허 참…… 기가 막혀서……."

"재무부 장관이 워낙 마당발이라…… 국정감사 때 국회의원들 입 막으려고 하나 봐요."

"국회의원 입도 입이지만 그 친구 자기 뱃속 채우는 게 더 많을 거요."

"세상 사람들이 다 알아도 워낙 돈을 잘 뿌리고 로비가 세니까 그 친구 아무도 손을 못 댄답니다."

"보조해주세요."

박 상무가 방을 나갔다.

잠시 동안 진성구는 기분이 언짢았다. 그러나 그런 기분은 오래가지 않았다.

앞으로 해야 할 일, 지금 진행되는 일을 생각하면서 진성구는 느긋한 마음이 되었다. 벌써 사십 고개를 바라보는데 이제부터 자신의 영역을 만들기 시작해야지, 아버지 진 회장의 세력권 안에 안주하고 있다가는 언제 무슨 봉변을 당할지 알 수 없는 일이었다. 이복동생의 생모인 서모가 보통 여자가 아니라는 점과 이복동생 성호도 만만치 않다는 점, 그리고 아버지 진 회장이 이복동생을 편애한다는 점 등이 복합적으로 그를 불안하게 한 것도 사실이었다.

그러나 그것보다는 '2세'라는 굴레를 벗어나고 싶은 욕망이 견딜 수 없을 정도로 그의 몸속에서 꿈틀거리고 있다는 사실도 부정할 수 없었다. 영감은 이 정도로 만족하고 그냥 실수 없이 회사 규모를 유지해주기를 원하는 것 같으나, 진성구는 아버지가 남겨준 재산이나 관리하는 위치에 안주하고 싶지 않았다. 자신의 힘으로 회사를 더 크게 키웠다는 자부심을 갖고 싶었고, 솔직히 주위로부터 그런 인정을 받고 싶었다.

그래야만 회사 내에서의 자신의 위치도 확고해질 것 같았다. 그러기 위해서는 자신의 영향권 안에 있는 비호 세력을 정치권의 권력 핵심 주위에 조성할 필요가 있었다. 우 회장의 경우가 그 첫 번째 시도로 중요한 의미가 있었다.

"차 15분에 대기시켜."

진성구가 인터폰으로 비서에게 지시했다.

"퇴근하시게요?"

비서의 물음이 인터폰을 통해 들려왔다.

"아니, 권기수 장관 연구소 개소식에 참석할 거야."

"네, 알겠습니다."

진성구는 자리에서 일어나 창가로 갔다. 정류장에 정차한 버스에서 내리는 사람들의 모습이 그의 눈에 비쳤다. 늦은 오후의 서울 거리는 착한 사람, 힘없는 사람, 그리고 행복한 사람들이 차지하고 있었다.

박인태 상무는 진성구 사장실을 나오면서 찜찜한 기분을 느꼈다. 회장한테는 비밀로 하고 우 회장 선거 자금을 대는 모양인데, 그 여우 같은 노인네가 조직 내에 심어놓은 끄나풀을 통해 이모저모로 알아보면 사실이 드러나는 것은 시간문제인 것 같았다. 진 사장이 저래도 괜찮을지? 박 상무는 아무래도 불안했다.

무슨 놈의 부자지간이 그따위일까, 경쟁상대인 정적간이라도 그보다는 나을 것 같았다. 회장은 회장대로 자신의 맏아들인 사장을 견제하려 하고, 사장은 사장대로 친아버지인 회장 몰래 자기의 세력권을 회사 안팎에 구축하려고 하니, 중간에 끼인 자기와 같은 졸때기는 괴롭기 그지없었다.

그렇다고 지금껏 박 상무는 자신이 하루아침에 회사에서 쫓겨날 것을 걱정하지는 않았었다. 손아랫동서인 진 사장을 배신할 수 없으니 앞으로도 진 사장 편에 서 있기는 할 것이다. 설령 진 사장이 거세되더라도, 회장이 경리 담당 책임자로 있으면서 회사의 온갖 비리를 훤히 알고 있는 자기를 쫓아낼 바보는 아니라는 판단을 했었다.

그러나 근래에 와서 불안감이 점점 커져갔다. 회사 일이라지만 세상의 온갖 비리란 비리는 저지르지 않은 것이 없고, 자신이 경리 책임자로서 좋든 싫든 연루되어 있지 않은가? 박 상무 자신도 이제 실속을 차려야지 잘못하다간 죽도록 고생만 하고 느지막이 철창 신세를 지게 될지도 모른다는 생각이 들기 시작했다.

박 상무는 문을 열고 사무실로 들어섰다. 기흥건설 김인곤 사장이 반가운 표정을 지었다. 노가다판 왕초답지 않은 순진한 모습이었다.

"기다리시게 해서 죄송합니다."

박 상무가 소파에 앉으면서 말했다.

"천만에요."

"도장 가지고 오셨지요?"

"그럼요."

"여기 영수증에 찍어주세요."

김 사장은 박 상무가 내미는 영수증에 도장을 찍었다.

"그럼 이 수표 받으시고요."

"고맙습니다. 그럼 이만 가보겠습니다."

김 사장은 안도의 숨을 내쉬며 자리에서 일어났다.

"안녕히 가세요……. 수표 잘 간수하시고요."

"한번 모시겠습니다. 그럼……."

문 쪽으로 가던 김 사장은 뒤돌아보며 박 상무에게 쑥스러운 미소를 지어 보였다.

김인곤 사장이 방을 나간 후 박 상무는 잠시 생각에 잠겼다. 그 아버지에 그 아들이라고, 진 사장이 하루가 다르게 진 회장을 닮아간다는 생각이 들었다. 정치자금 등 기타 비자금이 필요할 시기를 맞추어 건설 계약을 하고, 건설업자로부터 커미션을 뜯어내는 방법으로 자금 염출을 하는 행태 따위가 그랬다.

그래도 아직은 아들이 아버지보다는 한 수 아래인 것도 사실이었다. 진 회장 같으면 커미션 액수 중 몇 백이라도 떼어 자신에게 주며 '애엄마 갖다주어 생활비에 보태 써라'라고 했을 터인데 진 사장은 그러지 않았다.

그러한 진 회장의 행동은 나중에 안 일이지만, 실제로 뚜렷한 효과가 있었다. 언젠가 부도가 난 건설회사에서 문제를 일으킨 적이 있었다. 이왕 망한 판에 다른 놈도 같이 걸고넘어지겠다며 건설회사가 커미션 관계로 문제를 제기했을 때, 몇 백만 원 받은 게 죄가 되어 자신이 죽어라 하고 뛰어다니며 사건을 무난히 해결한 적이 있었다. 뭐라고 할까? 범죄행위를 저지를 때는 그 범죄행위를 아는 사람은 모두 공범자로 만든다고 할까. 여하튼 그것은 진 회장 머리에서만 짜낼 수 있는 고도의 수법이라는 것이 실증된 셈이었다.


"형님, 잘됐어요?"

황무석 이사가 커피숍 구석 자리에서 일어나며 가까이 다가온 기흥건설의 김인곤 사장에게 나직이 말했다.

"잘됐어. 땡큐."

김인곤이 환한 미소를 띠며 자리에 앉았다.

"벽제 땅 주인이 15분쯤 늦겠다고 연락이 왔었어요."

"그 친구 마음 변한 거 아니야?"

"아니에요. 오늘 계약금과 중도금 조로 30억 원과 땅 문서를 교환하기로 약속했어요."

"벽제 그 땅이 공업지역인데 택지로 지목 변경이 될까?"

김인곤이 일말의 불안감을 지닌 듯 걱정스레 물었다.

"제 말만 믿으세요. 2~3년 내에 주거지역으로 바뀌게 돼 있어요. 전철도 거기까지 들어갈 거고요."

황무석이 자신 있게 말했다.

"어떻게 알았어?"

"얼마 전부터 진 사장이 그 근처 대지를 값은 상관 않고 회사 중역 이름으로 무조건 사들이고 있어요. 제 이름으로도 샀는걸요."

"지금도 사고 있어?"

"무조건 닥치는 대로 긁어모으고 있다니까요."

"진 사장은 그곳 땅이 택지로 바뀐다는 정보를 어디서 캐냈지?"

"교통부 장관이 진 회장과 둘도 없는 사이지요. 교통부 장관이 요번 진 회장 막내아들 혼인에 중신아비 노릇을 했을 정도니까요. 진 사장도 아마 그쪽을 통해 알아냈을 거예요."

김인곤은 그제야 마음이 놓이는지 미소 지어 보였다. 차를 한꺼번에 쭉 들이켜고는 담배를 불붙여 물었다.

"그 땅에 지금 공장이 들어서 있다지?"

김인곤이 담배연기를 내뿜으며 입을 열었다.

"네, 빈 공장이 서 있지요."

"그거 누구한테 빌려주지? 택지로 바뀌어 아파트를 지을 수 있을 때까지 말이야……."

"형님, 걱정 마세요. 거기다 직조기를 갖다놓고 회사를 하나 만들면 돼요. 제가 이미 알아서 준비해놓았다니까요."

"어떻게?"

"어떤 믿을 만한 사람 통해 다 챙겨놓았어요."

"적자가 나지 않을까? 일감은 어디서 구하고……."

"제 직책이 대하실업 하청 업무 담당 이사인 줄 모르세요?"

"그래서?"

"제가 책임지고 일감을 주면 돼요. 그것도 이익이 충분히 보장되는 높은 가격으로요."

"진 사장 측에서 알면 너한테 뭐라고 그러지 않을까?"

"글쎄, 걱정 마시라니까요. 저한테 맘대로 못하게 되어 있어요."

"어떻게?"

"그냥 그렇게만 알고 계세요."

"이거 동생 잘못 뒤 패가망신하는 거 아니야?"

"아마 형님은 동생 잘 둔 덕에 대성할 겁니다."

두 사람은 커피숍 안이 떠나갈 듯 웃어젖혔다.

# 6. 남과 여 : 이진범

- 행복한 순간을 덮치는 세무사찰.
- 미인박명의 대표적 여자인 진미숙. 그래서 세상은 공평한 것인지도 모른다.
- 숨은 연인을 가진 남자의 피치 못할 운명은 바로 그 연인이 불행해지는 것을 보게 되어 있다는 것이다.

오후 5시 30분경 이진범 사장은 서울 변두리 한 골목 길 입구에 정차한 택시에서 내렸다. 백 미터 정도 걸어가 4층 건물의 지하에 있는 카페 문을 밀고 들어갔다. 바깥에서 방금 들어온 사람의 눈에는 아무것도 보이지 않을 정도로 실내 조명이 어두컴컴했다. 이진범은 주저 없이 성큼성큼 걸어가 구석진 곳의 테이블에 자리를 잡았다. 물을 가지고 온 웨이터가 알은체를 했다.

"폴 마송 있지요?"

"네, 그런데 다른 포도주도 한번 드셔보시죠. 좋은 걸 구해놓았는데……."

"폴 마송 가지고 와요. 잔 두 개하고."

이진범이 폴 마송을 고집하는 이유를 웨이터가 알 리가 없었다. 고급 술이라서가 아니었다. 실제로 그것은 미국 캘리포니아산 대중용 싸구려 포도주였다. 그러나 이진범에게는 그 포도주가 특별한 의미를 지니고 있었다. 그것은 어떤 추억, 아름다운 추억, 현실로 되돌아온 추억을 의미했다. 그리고 그것은 어떤 비밀, 은밀한 비밀, 두 사람만의 비밀을 의미하기도 했다.

"치즈 크래커 안주도 가지고 올까요?"

웨이터가 포도주 병과 잔 두 개를 테이블 위에 놓으면서 말했다.

"여자 손님이 오거든 가지고 와요."

"네."

코르크 병마개를 따내며 웨이터는 음흉한 미소를 입술 가장자리에 흘렸다.

솔직한 심정으로 이진범은 낮거리를 전문으로 하는 이런 음침한 러브호텔 지하 카페에서 진미숙을 만난다는 사실이 무엇보다 싫었다. 아는 사람 눈에 띄지 않으려니, 변두리에 있는 허름한 호텔을 택하는 방법 이외에는 별다른 뾰족한 수가 없어 지난 1년 동안 1주일에 한 번씩 이 호텔 신세를 지고 있는 터였다. 다른 여자와 다니는 것이 마누라 귀에 들어갈까봐 겁이 나서 아는 사람 눈을 피하는 것도 아니고, 사업적으로 의존해야 하는 재벌 기업의 외동딸을 데리고 노는 것을 들킬까봐 그러는 것도 아니었다. 미국에서 무대예술을 전공한 후 대학에서 강의를 맡고 있는 진미숙에게 나쁜 소문이 나면 해가 될 것 같아 이왕이면 아는 사람과 마주칠 확률이 적은 곳을 택했을 뿐이었다.

이진범은 포도주를 잔에 따라 쭉 들이켰다. 약속시간보다 30분 일찍 왔으니 혼자서 좀 취할 시간은 충분했다. 그는 오늘만은 술의 도움이 필요했다. 그들의 만남에 종지부를 찍는 데 용기가 필요해서였다.

또 잔을 채워 단숨에 들이켰다. 뱃속이 훈훈해오고 마음이 느슨해지기 시작했다. 혼자서 마시는 술은 과거를 더욱 아름답게 채색하는 마력이 있는지, 이진범은 5년 전 어느 날로 되돌아가는 자신을 발견했다. 그날은 그들의 첫 번째 만남을 이어준 운명의 신이 그들에게 찾아온 날이었다.

그들의 첫 만남은 이진범이 대하실업 과장으로 있을 당시인 5년 전 어느 가을날, 미국 LA에서였다. 그곳에 있는 대학에서 그녀는 무대예술을 공부하고 있었고, 이진범은 그곳에 출장 중이었다.

미국 출장 때 진 회장의 지시로 돈을 전해주기 위해 찾아간 진미숙의 아파트에서 그들 둘은 만났다. 그들의 첫 만남은 눈과 눈의 마주침이 아니었다. 목소리였다.

"후 이즈 잇?"

5년 전 어느 가을날, 이진범이 LA 시내에 있는 진미숙의 아파트 초인종을 누르자 인터폰을 통해 그녀의 목소리가 전해졌다.

"진 회장님 부탁으로 한국에서 왔는데요……. 이진범 과장입니다."

문이 열리고 그녀의 얼굴이 나타났다.

"전화를 먼저 드렸어야 하는 건데 전화번호를 적어놓은 종이를 잃어버려서……."

"괜찮아요. 들어오세요."

진미숙이 현관문에서 비켜서며 말했다. 그녀는 공부를 하던 중이었는지 책과 연필을 양손에 들고 있었다. 그 모습이 알맞은 키와 가냘픈 몸매에 진과 티셔츠를 걸친 그녀의 외모와 잘 어울렸다. 화려한 생활에 젖어 있는 재벌의 외동딸이라기보다 공부에 여념이 없는 학구파 같은 인상을 풍겼다.

"아닙니다. 괜찮습니다."

이진범은 현관문 밖에 서서 돈이 든 두툼한 봉투를 서류가방에서 꺼내 그녀 앞에 내밀었다.

　"사실 이사할 집을 고르실 때 저더러 보고 오라고 회장님께서 말씀하셨습니다. 이곳에 보름간 있을 예정인데, 제가 투숙하고 있는 호텔 전화번호가 봉투에 적혀 있습니다. 그럼 연락 주시면 다시 찾아뵙겠습니다. 오늘은 이만 가보겠습니다."

　그들의 첫 번째 만남은 그렇게 해서 끝이 났다.

　두 번째, 세 번째…… 그리고 그녀와 같이 집을 보러 다니면서 가졌던 여러 번의 만남은 그에게는 중요치 않았다. LA의 마지막 밤만이 중요했다. LA에서의 마지막 저녁, 그들은 야구장에 가서 월드시리즈를 함께 관전했다. 흥분의 도가니 속에 빠진 관중들의 환호성에 취했고, 경기 관람 중 홀짝홀짝 멋모르고 마신 포도주에 그들은 취했다. 포도주…… 폴 마송 포도주, 그리고 외국의 정취, 어둠의 포근함, 야외의 젊음, 바닷바람의 훈훈함…… 그 모두가 그들을 취하게 했다. 그리고 옆에 앉은 그녀의 환한 웃음과 섬세한 목덜미는 그를 더욱더 취하게 했다.

　경기 종료 후 진미숙을 집에 바래다주려고 이진범은 같이 택시를 탔다. 아파트로 가는 택시 안에서 주책없이 마신 포도주가 극성을 부리기 시작했다. 이진범은 더 이상 참을 수가 없어 차를 세우게 한 후 길옆에서 토해 버렸다. 다시 차가 움직여 시내로 들어올 때쯤 이진범은 차 속에서 곯아떨어졌다.

시간이 얼마나 흘렀을까. 이진범은 소파 위에 누워 있는 자신을 발견했다. 내가 왜 여기 있는 거지? 어제 저녁 무슨 일이 있었나? 그는 안간힘을 다해 기억을 떠올리려 애썼다. 다음 순간 그는 어제 저녁 술에 취해 호텔로 가지 못하고 진미숙의 아파트 소파에서 잤다는 것을 알았다. 한없는 후회가 그의 가슴에 파고들었다. 이진범은 상체를 일으켜 세우고 손목시계를 보았다. 그러나 주위가 어두워 시계를 볼 수가 없었다.

그는 일어나 창문 커튼을 열어젖혔다. 그는 창가로 바짝 다가가 희미한 가로등 불빛으로 시간을 확인했다. 날이 새려면 아직 한 시간은 더 있어야 할 것 같았다. 지난밤 과하게 마신 술에서 온 취기가 그대로 남아 있었다. 그는 심한 갈증을 느꼈다. 수돗물이라도 마실 생각으로 화장실을 찾았다.

이진범이 화장실 손잡이를 막 잡으려고 할 때 안으로부터 살그머니 문이 열렸다. 진미숙이 화장실을 나오다 그곳에 서 있는 그를 보고 깜짝 놀라더니 곧 미소를 지어 보였다. 잠에서도, 술에서도 채 깨어나지 않은 이진범이 그녀를 보고 어정쩡하게 길을 비켜주었다. 진미숙이 옆을 지날 때 향긋함이 쏙 느껴졌다. 취기로 무겁기만 한 그의 머리가 맑아졌다. 동시에 그의 가슴에서 성욕이 불쑥 솟아났다.

야구장에서 곁눈질로 보았던 그녀의 섬세한 목덜미가 그녀의 천진난만한 웃음 속에 떠올랐다. 이진범은 그녀의 목덜미를 다시 한 번 보고 싶었다. 화장실에서 나오는 희미한 불빛이 비춰준 진미숙의 목덜미는 생각했던 것보다 더욱 아름다웠다.

이진범은 그녀를 뒤에서 끌어안았다. 그러고는 그녀의 목덜미에 자신의 얼굴을 파묻은 채 서 있었다. 마치 자신의 의사가 아니고 누가 시킨 것처럼 모든 것이 순식간에 일어났다. 그녀의 목덜미가 움직였다. 저항을 의미하는지 허락을 의미하는지 알 수 없을 정도의 미미한 움직임이었다. 그는 고개를 들고 그녀를 돌려세운 후 그녀의 입술을 찾았다. 그녀의 입술은 아무 저항 없이 그를 받아들였다. 그는 오랫동안 굶주린 야수처럼 그녀의 입술을 빨았다. 그리고 그의 혀는 그녀의 입안을 속속들이 파고들었다.

마치 곧 사라져버릴 무엇을 더듬어 기억해두려는 듯

그의 손은 그녀의 온몸을 어루만졌다. 그의 손이 움직일 때마다 그녀의 몸도 함께 움직여주었다. 창문을 통해 들어온 희미한 불빛에 뚜렷이 드러난 그녀의 얼굴은 황홀하리만큼 아름다웠다. 그 순간만큼은 후에 무슨 벌을 받더라도 그녀를 안고 싶었다. 그는 그녀를 번쩍 올려 침실로 들어가 침대에 눕혔다.

그의 남성이 그녀의 몸속 깊숙이 파고들었다. 그때, 그는 보았다. 조물주의 완벽한 창조물인 그녀의 얼굴을. 신은 그녀의 얼굴에 기막힌 음률을 불어넣어주었다.

나지막한 탄성이 그녀의 입에서 흘러나왔다. 그들은 완전한 한 몸이 되었다. 들어가는 것과 받아들이는 것으로 철저히 결합했고, 혀와 혀가 서로를 동여매었다. 이진범은 이 세상에 태어나 처음으로 신에게 감사했다. 인간에게 이러한 아름다움을 준 것에 대한 감사였다. 그는 무아경에 빠진 진미숙을 바라보았다. 그녀의 얼굴은 모든 사람이 희망하는 소박한 진실 그 자체였다.

"일찍 오셨어요?"

이진범은 회상에서 깨어나 고개를 들었다. 진미숙이 앞에 있었다.

"좀 됐어."

"벌써 취한 것 같아요."

"뭘 조금 마셨어……. 저녁은 뭘로 할까?"

"저는 괜찮아요. 동생 결혼식이 끝나고 점심을 늦게 먹었어요. 포도주나 한잔 할래요. 이 선생님, 식사하세요."

"아니, 나도 생각이 없어. 나중에 하지."

포도주를 빈 잔에 따라주며 그가 말했다. 진미숙이 서너 번에 걸쳐 포도주를 마시는 동안 둘 사이에 침묵이 흘렀다.

"오늘은 컨디션이 좋지 않은 것 같네요."

이진범의 표정을 살피며 진미숙이 말했다.

"아니야. 그냥 좀 생각할 게 있어서……."

"무슨 일인지 제가 알면 안 되겠어요?"

"……."

조금 전까지는 솔직하게 서로 만나지 않는 게 좋겠다고 쉽게 얘기할 수 있을 것 같았으나 막상 진미숙을 대하니 자신을 잃었다. 그는 포도주를 홀짝홀짝 마시며 생각에 잠겼다.

LA에서 귀국한 후 이진범은 얼마 동안 번민에 시달렸다. 처자식이 있는 몸으로 처녀를, 그것도 보통 처녀가 아니고 녹을 받는 직장 총수의 딸을 범한 데 대한 죄의식 때문만이 아니었다. 아무리 노력해도 지워버릴 수 없는 그날 밤의 기억이 그의 머릿속에 도사리고 앉아서 떠날 줄 몰랐기 때문이었다.

"한 잔 더 주세요."

진미숙이 내미는 잔에 그는 술을 따랐다.

"미안해. 공연히 생각이 딴 데 있어서……."

"오늘은 그냥 헤어져요."

진미숙이 조용히 말했다.

"아니야. 같이 있고 싶어. 특히나 오늘 저녁은……."

그래도 LA에서의 그 하룻밤 이후 1년이 지난 어느 날, 태평양을 건너온 진미숙의 결혼 소식은 마침내 그를 허무한 환상에서 꺼내어 가족에게로 다시 돌려주었다. 그러나 운명이 무엇인지, 그의 인생에서 영원히 사라진 줄 알았던 그날 밤의 추억이 겨울잠에서 깨어나 엄연한 현실로 그의 앞에 다시 나타난 것은 지금으로부터 1년 전, 진미숙이 아들을 둔 이혼녀가 되어 귀국한 것이었다.

"그럼 지금 올라가요."

진미숙이 자리에서 일어나며 말했다.

"그러지."

그들은 자리에서 일어났다.

잠시 후 이진범은 호텔방 욕실 안에서 와이셔츠 차림으로 욕조에 물을 받고 있었다. 물의 온도를 손으로 재며 지금쯤 방에서 윗옷을 벗고 화장을 지우고 머리를 뒤로 묶고 있을 진미숙을 생각했다.

그녀와의 첫날밤이 질긴 인연의 끄나풀이었다면 지난 1년간은 화염 속의 절규였다. 전화 목소리만으로도 흥분시키는 여자, 1주일 동안 보지 않으면 미치게 만드는 여자, 죽는 한이 있어도 놓칠 수 없는 여자……. 진미숙은 그런 여자로 그의 가슴에 깊숙이 자리를 잡고 있었다.

"제가 할게요. 나가서 옷 벗으세요."

등 뒤에서 나는 소리에 그는 뒤를 돌아보았다.

욕실 문을 막 열고 들어선, 브래지어와 팬티 차림의 진미숙이 거기에 있었다. 그의 시선이 그녀에게 잠시 머물렀다. 자식이 있는 여자, 30대 초반의 여자, 이혼을 한 여자…… 등등 어떤 대명사가 그녀를 대신한다 하더라도 그녀의 아름다움 앞에서는 의미를 잃었다. 조물주의 완벽한 조합이랄까? 165센티미터 정도의 알맞은 키, 얼굴, 팔, 다리, 그리고 가슴…… 모든 것이 완벽했다. 완벽하지 않은 것이 있다면 그것은 그녀의 운명, 유부남을 연인으로 받아들이게 한 그녀의 운명이었다. 그는 그녀를 와락 껴안고 싶은 충동을 억눌렀다.

그는 욕실을 나와 방에서 옷을 벗었다. 그리고 살며시 욕실 문을 열었다. 불이 꺼진, 김이 서린 욕실 안의 욕조 옆으로 물이 넘치고 있었다. 그리고 욕조에 몸을 푹 담그고 목만 내민 여자가 있었다. 그 여자가 내뿜는 마력에 이끌려 그는 욕조 속으로 들어갔다.

욕조 안에 다리를 포개고 마주 앉은 두 남녀는 어둠 속에서, 증기 속에서, 서로가 서로를 보며 보이지 않는 미소를 지었다. 그 순간 그들은 그들 둘만의 세계를 이루었다. 완벽한 자유가 존재하는 세계, 세상의 모든 허식을 지워버린 세계, 그리고 순간순간이 영원이 되는 세계. 두 사람이 고개 숙이자 두 입술이 하나가 되었다. 잠시 후 두 입술이 떨어지자 은은한 속삭임이 울려왔다.

"여기에 온 것 후회하세요?"

"아니. 미숙 씨는 후회해?"

"아뇨…… 사랑해요."

"사랑해."

여자가 자신의 몸속에 남자를 받아들이는 순간, 남자는 미소를 띠며 자신(自信)을 되찾았고, 여자는 신음을 하며 자신(自身)을 완전히 잊어버렸다.

두 남녀가 자신을 찾고 자신을 잊어버린 바로 그 시간 정확히 6시 14분, 관세청 심리 분실에서 파견된 다섯 명의 수사요원이 이진범의 회사인 청천물산의 경리부에 막 들어서고 있었다.

퇴근 준비를 하는 직원들의 눈이 휘둥그레졌다. 수사관 넷이 경리부 출입문 안쪽에 팔짱을 낀 채 진을 치고, 상급자인 듯한 수사관이 긴장감 흐르는 직원들 사이를 뚜벅뚜벅 걸어가 칸막이를 친 경리 담당 최 이사 자리로 갔다.

"경리 담당 이사지요? 관세청 심리 분실에서 나왔습니다."

관세청 수사관이 신분증을 슬쩍 최 이사 앞에 보였다.

"이 회사의 수출용 원자재 입출장부 일체를 지금 곧 이곳으로 가지고 오게 하세요."

"무슨 일이신데……?"

자리에서 일어나는 최 이사의 얼굴이 새파랗게 질렸다.

"여러 말 말고, 관리 담당 부장에게 지시하세요."

"원자재 입출장부는 공장에 있고, 이곳 서울 사무실에는 없는데요……."

다소간 냉정을 되찾은 최 이사가 담담하게 답했다.

"정말 이런 식으로 나오기요?"

어물어물하는 최 이사에게 수사관이 위압적으로 다그쳤다.

"앉으십시오. 자초지종을 알아야……."

"그럼 앉지요."

두 사람이 소파에 앉았다.

"일을 복잡하게 만들지 마세요. 협조 안하면 국세청 조사국에 의뢰해 세무사찰하도록 할 테니까."

"최선을 다해서 수사에 협조하겠습니다."

최 이사의 표정에 뚜렷한 동요의 빛이 보였다.

"원자재 입출원장은 현지 공장에서 보관하고 있고, 이곳에서는 보조장만을 보관하고 있는 줄 아는데 다시 한 번 알아보겠습니다."

"여기서 나가지 말고 인터폰으로 알아보세요."

최 이사가 머뭇거리며 인터폰의 버튼을 눌렀다.


바로 그 시간 정확히 6시 32분, 진미숙은 욕조 밖에 서

서, 발을 담근 채 욕조 가장자리에 앉아 있는 이진범의
몸에 비누칠을 하고 있었다. 빠끔히 열린 욕실 문 사이
로 새어들어온 침실 불빛이 한 폭의 그림과 같은 여자의
나신을 드러내주었다. 비누칠을 한 남자의 널찍한 등허
리를 수건으로 문지를 때마다 흔들리는 양 가슴, 쭉 뻗
은 다리, 수증기와 땀에 푹 젖어 미소가 흐르는 갸름한
얼굴…… 자식의 몸을 씻겨주는 어머니의 아름다움, 사
랑하는 사람의 몸을 씻겨주는 연인의 아름다움이 거기에
투영되어 있었다.

"돌아앉으세요."

남자가 욕조에서 발을 빼내며 여자 쪽으로 몸을 돌렸
다. 여자는 남자의 목과 가슴에 비누칠을 했다. 여자가
수건으로 문지르기 시작했다. 목부터 시작하여 가슴팍으
로, 다시 가슴팍에서 그 밑으로, 여자의 손놀림은 빨라
졌다. 다음 순간 여자의 손에서 수건이 떨어짐과 동시에
여자의 두 손이 한껏 발기된 남성을 꽉 잡았다. 여자의
상체가 뒤로 젖혀졌다. 여자의 신음이, 희열의 탄성이
들릴락말락 새어나왔다. 그 순간 남자의 두 팔이 여자의
허리를 휘어감았다. 남자의 얼굴은 여자의 두 가슴 사이
로 파고들었다.

"이 보조장부 순 엉터리군."

최 이사 사무실에서 수출용 원자재 입출 보조장을 훑어보던 수사관이 장부를 탁자 위에 내려놓으며 말했다.

"무슨 말씀인지요?"

"최 이사님, 우리를 뭐 핫바지로 아십니까? 확실한 증거도 없이 우리가 나왔겠어요?"

"……."

"내가 정확한 자료를 제시하지요."

수사관이 속주머니에서 메모지를 꺼내었다.

"지난 1년 동안 로스분을 제하고 국내시장에 유출한 물량이 도매가로 3억 5천만 원이 넘네요."

아차, 이거 큰일났구나. 정확한 정보를 이미 가지고 있으니……. 최 이사는 철렁했다.

"최 이사님, 지금 회사로서 매우 중요한 때이니 잘 생각하세요. 당장 협조하지 않으면 이 사건을 국세청에 이첩할 겁니다."

"잠깐 기다리십시오."

"어디 가려는 거요?"

"사장님께 연락해보려고요."

"여기서 하세요."

최 이사는 회사 간부들에게 사장과 연락이 닿는 대로

회사에 즉시 전화를 해달라고 부탁했다.

"잠깐만 기다려주십시오. 사장님께서 곧 연락이 있으실 겁니다."

최 이사가 두 손을 비벼대며 수사관에게 애원하듯 말했다.

침대 위에 남자의 나신이 천장을 보고 반듯이 누워 있었다. 그 위에 여자의 나신이 무릎을 앞세우고 상체를 숙인 자세로 앉아 있었다. 여자의 상하 움직임이 점점 격렬해지고 빨라지기 시작했다. 마치 증기기관차가 최고 속도를 내기 시작하는 것처럼.

어느 한순간 여자는 괴성을 지르며 몸을 뒤로 젖혔고, 그와 동시에 남자가 위치를 바꾸어 미친 듯이 몸을 움직였다.

"최 이사님, 더는 못 기다리겠습니다. 나도 오늘 저녁 상관에게 보고해야 돼요. 협조를 못 얻었다고 보고할 수밖에."

관세청 수사관이 엄포를 놓았다.

"그래도 사장님이 계셔야……."

최 이사가 새파랗게 질려 애원했다.

"사장님이 있으면 일이 더 복잡해지지요. 우리끼리 해결할 수 있는 문제를 가지고 최 이사님이 일을 그르치는 것 같소이다. 우린 그냥 갑니다."

수사관이 자리에서 일어났다.

"잠깐만요. 그럼…… 그럼 원장을 드릴 테니 국세청에 이첩하지 말아주십시오. 사장님이 내일 찾아뵐 겁니다."

"그럼 그렇게 하지요."

최 이사는 수출용 원자재 입출원장을 수사관에게 넘겨주었다.


욕조 샤워기 밑에 두 남녀가 서 있었다. 여자가 남자를 뒤에서 꼭 껴안고 뺨을 남자의 등에 대고 있었고, 남자는 떨어지는 물 밑에서 두 손으로 얼굴을 감싸고 있었다.

"이게 우리의 마지막 만남인가요?"

떨어지는 물줄기 사이로 여자의 목소리가 파고들었다.

"……."

"그렇지요?"

여자가 남자의 등에 뺨을 꼭 댄 채 다시 말했다.

"왜 그런 소릴 해?"

남자가 얼굴에서 손을 떼 머리로 가져가며 말했다.

"오늘 저녁 당신을 만났을 때 그런 직감이 들었어요."

"어떤 느낌?"

"오늘이 마지막이라는 느낌……."

머리 위로 떨어지는 물소리 외에는 아무 소리도 들리지 않았다.

"마지막인 게 당신한테 좋을 것 같아."

남자가 고개를 돌리며 말했다.

"알았어요."

"고마워."

남자가 돌아서서 여자를 꼭 껴안았다. 남자의 가슴에 얼굴을 파묻은 여자의 어깨가 가늘게 흔들렸으나 남자는 눈치를 채지 못했다. 나오는 울음을 참으려고 이를 악물고 있는 여자는 머리 위로 떨어지는 물과 물소리를 한없이 고마워하고 있었다.

"보고 싶으면 어떡하지요?"

여자가 다시 입을 열었다.

"나도 보고 싶어한다는 것을 기억해."

"아침을 맞이할 줄 모르는 긴긴 밤을 어떻게 하지요?"

"새벽이 틀림없이 찾아오리라는 것을 잊지 마."

잠시 사이를 두었다가 여자가 다시 물었다.

"답답하고 지루한 봄날은 어떻게 하지요?"

"잔인한 겨울을 생각해."

"자신이 없어요."

"아름다운 추억이 이겨낼 힘을 줄 거야."

남자가 여자를 힘주어 포옹하며 말했다.

그들 위로 물은 계속 떨어졌다. 그들은 침묵 속에 물이 떨어지는 소리를 듣고 있었고 물이 몸에 닿는 감촉을 느끼려고만 노력하고 있었다.


대하실업의 황무석 이사는 공중전화 부스 속에서 관세청 심리 분실의 당직실 전화벨이 울리는 소리를 수화기를 통해 듣고 있었다.

"관세청 심리 분실이지요?"

여보세요, 하는 소리가 들리자 황무석이 말했다.

"김상열 수사관 좀 바꿔주십시오. 불광동 친구라고 하십시오."

황무석이 다시 말했다.

"기다리세요."

건성으로 대답한 후 수화기 저편에선 얼마 동안 아무소식이 없었다.

"여보세요."

김 수사관의 목소리가 들려왔다.

"불광동 김입니다. 오늘 청천물산 건은 어떻게 됐지요?"

"끝났어요. 정보 고맙습니다. 그런데 신분을 밝혀주실 수 없을까요?"

"그건 곤란합니다……. 증거는 확실히 잡았습니까?"

"원자재 입출장부를 압수했으니까……."

"그래요? 그럼 전화 끊겠습니다."

"아, 잠깐만요. 보상금도 있고 하니 신분을 밝히시는 게 어떨까요?"

"보상금은 필요 없습니다."

황무석은 수화기를 내려놓았다. 그러고는 수첩을 꺼내 보더니 다시 수화기를 들고 버튼을 눌렀다.

"배 기사, 사장님 바꿔줘."

"지금 연구소에 계시는데요."

"그럼 우리집으로 전화해달라고 말씀드려."

공중전화 부스를 나서며 황무석은 미소를 지었다.

# 7. 먹이사슬 : 진성구

- 치열한 생존경쟁의 현장, '경제민주화 연구소'.
- 정권이 아무리 바뀌어도 장관이나 높은 자리를 차지하는 자들은 겉으로는 의
  인인 척하거나 선비처럼 점잔을 빼지만 실제로는 줏대가 없는 약아빠진 자들
  이다.
- '남자의 성취욕 뒤에는 항상 여자의 체취가 숨어 있다'라는 말이 있으나, 반면
  '절제를 모르는 아름다운 여인은 돼지코에 걸린 다이아몬드와 같다'라는 말
  도 있다.

　진성구가 서초동에 있는 '경제민주화 연구소' 개소식
에 도착한 것은 오후 7시경이었다. 검은색 차들이 떼를
지어 연구소가 있는 건물 앞으로 모여들고 있었고, 꽤
큰 건물인데도 건물 양끝까지 화환들이 빽빽이 들어차
있었다. 권기수 장관이 막강한 경제부처 장관 자리에서
물러난 지 6개월이 지났는데도 아직까지는 한물 간 것
같지 않았다.

　입구에 정차한 차에서 내리려고 차 문을 열려다 말고
진성구가 배 기사에게 말했다.

　"차를 앞으로 쭉 빼."

배 기사는 무슨 말인지 금세 알아차리고 차를 앞으로 뺐다. 뒤차에는, 보궐선거에서 내로라하는 정객들을 물리치고 집권당의 공천을 받은 실세가 타고 있었다. 공천을 받은 이유가 권력자의 사촌동생이기 때문이라는 기사가 얼마 전에 지상에 오르내리고부터 하루아침에 실세 중의 실세로 부상한 우병선 회장이었다.

진성구는 차에서 얼른 내렸다. 방금 정차한 뒤차로 가 차 문을 열었다.

"어, 진 사장 오랜만이오."

차 문을 잡고 있던 진성구는 50대 중반의 우 회장이 보도에 내려서면서 내미는 손을 허리 굽혀 잡았다.

"우 회장님, 요새 몹시 바쁘시지요?"

"바쁘다마다. 죽을 지경이오."

"제가 별로 도움도 드리지 못하고 죄송해서……."

"며칠 전 춘부장과 식사를 했지."

우 회장은 진성구의 어깨를 감싸며 건물 현관으로 들어섰다.

"그렇지 않아도 모레 지구당 창당대회에 내려가 찾아뵈려고 했습니다."

진성구가 말했다.

"진 사장이 찾아주면 큰 힘이 되겠지."

"이번 보궐선거에서 압승을 하셔야지요. 언론에서는 우 회장님이 지역구 사상 최다 득표율을 얻게 될 것이라고 하더군요."

"아니오. 그렇게 안심할 바도 못 돼요. 워낙 악바리들이라…… 별의별 흑색선전을 다 하고……. 어디서 자금을 끌어대는지 금전 공세로 선거구민을 타락시킬 대로 타락시키고……."

우병선 회장은 실세답게 위풍당당히 엘리베이터 쪽으로 걸어갔다.

"권기수 장관하고는 잘 아는 사이요?"

엘리베이터 앞에 거의 다다라 우 회장이 물었다.

"장관 재직 시 저희 분야 경제인들이 많은 도움을 받았지요. 워낙 경제 방면에 탁월한 식견이 있으신 분이라……."

우 회장이 엘리베이터 앞에 도착하자 사람들이 양쪽으로 비켜섰다. 어떤 사람은 슬금슬금 뒷전으로 물러나고, 어떤 사람은 우 회장에게 와 아무 말 없이 꾸벅 고개 숙여 인사를 했으며, 어떤 사람은 '우 회장님 안녕하십니까?'라고 인사하며 우 회장이 내미는 손을 두 손으로 잡았고, 또 어떤 사람은 차려 자세로 서서 90도로 허리를 굽히기도 했다.

진성구는 그들의 그런 모습을 호기심에 찬 눈으로 쳐다보았다. 슬금슬금 뒤로 물러나는 사람들은 우 회장의 허세에 압도당한 순진한 사람들일 것이고, 아무 말 없이 인사하는 친구는 승진 기회만 엿보는 고급 공무원처럼 보였으며, 몇 마디라도 건네는 친구는 약삭빠른 장사꾼임에 틀림없고, 90도로 허리 굽히는 친구는 군복은 벗었으나 여전히 군인 티를 버리지 못한 퇴역장성일 것이라고 추측했다.

실세란 참 묘한 것이다, 라고 생각하며 진성구는 속으로 웃었다. 권력자의 사촌동생이면 동생이지, 서울 변두리 고등학교에서 교편을 잡고 있었다는 것 외에는 별반 내놓을 만한 경력도 없었던 인물이 하루아침에 실세가 되더니 하는 행동마저 달라져 있었다. 눈치로 보아하니 그들 중 어느 누구의 이름도 기억하기는커녕 안면이 있는 것 같지도 않은데, 우 회장은 원로 정치인이 하듯이 '안녕하세요'라는 말과 함께 손을 내미는 것을 잊지 않았다.

"창당 행사 후에 잠시 시간 좀 내주시겠습니까?"

엘리베이터를 타면서 진성구가 말했다.

"좋지요. 지구당 사무장에게 장소를 알려놓으시오."

두 사람은 연구소가 있는 층에서 여러 사람과 함께 엘리베이터를 내렸다. 진성구는 화장실에 들른다는 핑계를 대고 엘리베이터 앞에서 우 회장과 헤어졌다.

우 회장과의 사이가 남의 눈에 필요 이상으로 가깝게 비치는 것을 피하기 위해서였다. 진성구는 본능적으로 실세와의 관계 정립에서 지켜야 할 불문율을 실행에 옮긴 셈이었다. 즉, 실세와 사업적인 이해관계가 있을 때는 그와의 친분관계를 남의 눈에, 특히나 신문쟁이들 눈에 노출시키지 말아야 한다는 것이었다. 현재 진성구가 추진하는 골프장 허가 문제에서 우 회장의 역할을 기대하고 있기 때문이었다.

진성구는 화장실을 나와 식장으로 들어섰다. 개소식은 이미 끝났고, 널따란 장내는 축하 파티 분위기가 무르익어가고 있었다. 진성구는 남의 눈에 띄지 않도록 문옆 한쪽으로 비켜서서 이곳저곳 사람이 모여 있는 곳에 시선을 보냈다. 사람이 모이는 곳에는 항상 그가 찾아가 인사를 해야 할 사람이 있게 마련이고, 또 대체로 모인 사람 수에 따라 인사 순서가 정해져야 하기 때문이었다.

사람이 제일 많이 모인 곳은 맨 뒤쪽에 있는 중앙 테이블이었다. 테이블 가운데에 경호실장이 칵테일 잔을 든 채 떡 버티고 서 있었고, 그의 양옆으로 재계 총수 몇 사람과 현직 장관들이 몸을 움츠리고 있었다. 진성구는 다른 테이블로 시선을 옮겼다. 일간지 경제부 기자처럼 보이는 사람들 사이에서 허튼 웃음을 흘리고 있는 권기수 장관, 아니 권기수 연구소장의 모습이 보였다.

역시 권기수 장관은 대단한 사람이군. 진성구는 감탄했다. 학연이나 지연으로 따져 별로 연관이 없어 보이는 경호실장을 여기까지 불러냈다는 사실로만 보더라도, 권 장관이 현직에서 물러났다고 해도 결코 얕볼 친구가 아니라는 것을 진성구는 깨달았다.

진성구는 일단 맨 뒤쪽 중앙 테이블로 갔다.

"경호실장님, 안녕하십니까? 대하실업의 진 사장입니다."

경호실장 뒤쪽으로 가 진성구가 허리 굽혀 인사했다.

"어, 안녕하시오? 춘부장께서는 건강하시지요?"

"네, 염려해주시는 덕택으로⋯⋯. 부친께서 항상 경호실장님 말씀을 하십니다. 격무에 시달리시는데 한번 모셨으면 합니다."

"언제 한번 기회를 봅시다."

경호실장이 싫지 않은 표정을 지으면서 말했다. 그곳에 있던 현직 장관들 앞에서 경호실장이 아버지를 언급했을 뿐만 아니라, 자신이 제안한 개인적인 초대에 뜻 있는 여운을 남겼다는 것은 기대 이상의 성공을 거둔 셈이었다. 그는 옆에 있는 장관들에게 인사를 하고, 테이블 사이를 오가는 권기수 장관에게로 갔다.

"권 장관님, 축하드립니다."

진성구가 축하인사를 건넸다.

"어이구, 진 사장. 바쁘실 텐데 이렇게 시간을 내주어서……."

"부친께서 오셔야 하는 건데 오늘 집안 혼사가 있어서 제가 대신 왔습니다."

"괜찮소."

"저, 다름이 아니라……."

진성구가 소곤거리자 권 장관이 진성구의 입으로 귀를 가져갔다.

"회사에서 연구소에 매달 얼마간 연구비 보조를 하겠다고 아버님께서 말씀 전하라고 하셨습니다."

"원, 고마우신 말씀…… 기부 대상 연구소로 인가를 받았으니 법인 비용으로 처리할 수 있겠지."

"경호실장님과는 잘 아는 사이신가요?"

진성구가 지나가는 말처럼 슬쩍 물었다.

"인사 나눈 적이 없던가? 내가 소개시켜주지."

"아닙니다. 방금 인사드렸습니다."

권 장관이 무슨 비밀스러운 이야기나 하듯이 진성구의 귀에다 속삭이기 시작했다.

"경호실장이 군에서 고생할 때 내가 은행에 있으면서 많이 도와줬지."

"언제 실장님과 저녁 자리 한번 마련해주시겠습니까?"

"그렇게 하지."

"혼사 때문에 친척들이 집에 와 있어 먼저 가보겠습니다."

"춘부장께 고맙다고 전해주시오."

"네, 그렇게 하지요. 그럼 권 장관님의 연락 기다리겠습니다."

진성구가 낮은 목소리로 말했다.

경호실장과의 친분관계로 보아 권 장관의 재입각은 시간문제인 것 같았다. 형식적인 연구비 보조 명목으로 처음 몇 달 동안만 몇 푼 집어주려고 했었는데, 제대로 밀어주어 권 장관이 섭섭한 마음을 갖지 않도록 해야겠다는 확신이 들었다.

진성구가 테이블을 돌면서 참석자들에게 인사를 한 후

식장을 막 나서려는데 뒤에서 '어이, 진 사장!' 하고 부르는 소리가 들려왔다. 뒤를 돌아보니 이성수 교수가 백운직물의 백인홍 사장 옆에 있었다.

이성수를 보고 반가워해야 할지 언짢아해야 할지, 진성구는 이성수가 서 있는 곳으로 가며 얼른 판단이 서지 않았다. 이성수가 중학교 때 대구 쪽에서 전학을 와 같은 반이 된 이후 계속 고등학교와 대학교까지 동창인 데다가 또 친하게 지낸 친구이니 반가워해야 할 것 같았고, 이혼한 여동생 미숙의 전남편이니 언짢아해야 할 것도 같았다. 미숙과 이성수의 결혼은 그 자신이 맺은 격이었다. 자신의 동창생들 중에 가장 착실하고 수재 소리를 듣는 장래성 있는 친구로 확신한 나머지 그를 여동생 미숙의 배필로 정해 자신이 직접 나서 성혼을 시켰기 때문이었다. 그러나 이들 부부의 미국에서의 결혼생활은 2년 만에 뚜렷한 이유도 없이 파경을 맞아 미숙은 아이를 가진 이혼녀로, 이성수는 그 후 술독에 빠진 주정뱅이로 전락했으니, 생각만 해도 자신의 결정이 몹시 후회스러웠다.

"백 사장님, 결혼식에 와주셔서 감사합니다."

진성구는 이성수 옆에 있는 백인홍 사장과 먼저 악수를 나누었다.

"아주 성대한 결혼식이었습니다."

백인홍이 인사치레를 했다.

"서로 잘 아시는 사이입니까?"

진성구가 백인홍에게 이성수를 가리키며 물었다.

"나하고는 둘도 없는 고향 친구이자 술 친구지. 이 친구는 대구 근방에 있는 동촌이 배출한 위대한 사업가야. 나는 위대한 주정뱅이고."

이성수가 백인홍의 어깨를 껴안으며 말했다.

"넌 여기 웬일이냐?"

이미 술기운으로 눈이 충혈되어 있는 이성수에게 진성구가 물었다.

"왜, 내가 올 곳이 못 돼서 그래?"

"권 장관과는 무슨 관계냐?"

"관계는 무슨 관계! 제멋대로 연구원으로 위촉해놓고는 용돈 준다기에 술값이라도 벌까 해서 그러마고 했지."

진성구는 이성수를 물끄러미 보았다. 미숙과 헤어진 후 술독에 빠져 살아온 그는 아직도 그 버릇은 못 고쳤는지 벌써 얼근히 취해 있었다. 아무리 주위에서 천재 소리를 들으며 살아왔다 해도 사십 고개를 바라보는 나이에 너무나 무책임하게 보였다.

미국에서 수리경제학 분야의 학위를 땄으나 대학에서

자리를 얻지 못하고 시간강사로 전전하는 것도 그나마 다행으로 여기는 눈치였다. 장대 같은 키, 텁수룩한 머리, 허여멀건한 얼굴……. 죽으나 사나 선생 외에는 할 게 없어 보였다.

"너도 돈독이 올랐니?"

진성구가 비꼬아주었다.

"지랄하네. 임마, 돈독은 돈 있는 놈한테나 오르는 거야. 나는 술독이 오른 거고."

이성수가 주위의 시선도 아랑곳하지 않고 떠들었다. 진성구는 남의 시선이 두려워 백 사장에게 양해를 구하고 얼른 그를 구석으로 끌고 갔다.

"야, 이 풍경을 보라고. 얼마나 멋지냐? 너도 술 취하면 이 오묘한 진풍경을 음미할 수 있을 거야."

이성수가 계속해서 횡설수설 지껄여댔다.

"아니, 무슨 풍경?"

진성구가 의아해하는 표정 속에 물었다.

"이런 멋진 풍경을 못 봐?"

"무슨 풍딴지같은 소리야?"

"이 먹이사슬을 못 본단 말이야?"

장내를 휘둘러보며 이성수가 말했다.

"무슨 먹이사슬?"

진성구는 이성수에게 연신 의아해하는 시선을 보냈다.

"줄줄이 이어진 먹이사슬 말이야."

"……."

"장사하는 놈들은 세금쟁이들한테 벌벌 기고, 세금쟁이들은 사정기관 놈들에게 따리 붙이고, 사정기관 놈들은 정치꾼들에게 아양을 떨고, 정치꾼들은 기자들에게 마음 좋은 아저씨 역할을 톡톡히 하고, 기자 놈들은……."

"그럼 장사하는 놈들만 핫바지네."

진성구는 이성수의 너스레가 한심해 쏴붙였다.

"천만에. 정치하는 놈들은 장사꾼들한테 손을 벌리게 돼 있어. 정치자금이 없으면 정치하는 놈들은 허수아비 신세니까 말이야."

"그럼 기자들만 제 세상 만난 셈이구나."

"아니지, 기자 놈들은 나한테 떨게 돼 있어."

이성수가 자신의 가슴을 툭툭 치며 말했다.

"너한테?"

진성구가 어이없어하는 표정을 지었다.

"왠지 알아?"

"……."

"운동권 학생들이 내 손아귀에 있으니까."

"그게 무슨 상관이야?"

"학생들이 몰려가 신문사 때려부수면 순진한 국민들이 신문을 사보지 않잖아? 신문 값은 재벌이나 노동자나 할 것 없이 똑같고, 재벌이라고 같은 신문을 서너 개 사보진 않잖아? 무슨 말인지 알겠어?"

"너도 무슨 말인지 모르고 지껄이는 말인데, 내가 어떻게 알아듣냐?"

근래에 와서 이성수가 재야인사들과 어울려 다니며 그들의 정신적 지주 노릇 비슷한 행세를 하려 든다는 소문이 생각나 진성구가 한 마디 쏴주었다.

"저 사기꾼 권 장관이 왜 나를 연구소에 잡아두려고 하는지 알겠지?"

칵테일 잔을 들고 연신 웃음소리를 내며 장내를 돌고 있는 권기수 장관을 이성수가 턱으로 가리키며 말했다. 진성구는 이성수의 허튼소리에 신물이 나 못 들은 체했다.

"권 장관 저 친구 전공이 뭔 줄 알아?"

"뭔데?"

이성수가 또 목소리를 높일까봐 진성구는 마지못해 입을 열었다.

"'장관'이야. 저 친구에겐 장관 하는 노하우가 있어. 공화국이 어떻게 바뀌건, 권력자가 누가 되건, 나이가 몇

살이건 상관없이 장관 해먹는 것이 저 친구 전공이야."

"야, 이 교수, 나한테도 그 노하우 좀 가르쳐줘라. 나도 장관 한번 해먹게……."

진성구가 빈정대는 투로 말했다.

"가르쳐주지. 대신 단단히 한턱내야 해. 첫째, 일을 하지 말아야 돼. 가만히 점잔만 빼란 말이야. 둘째, 적을 만들지 말아야 돼. 무조건 좋다고만 하면 되는 거야. 셋째, 뼈 있는 말을 일체 삼가고 '허허, 허허' 하고 사람이 모이는 곳에서는 시도 때도 없이 너털웃음만 터뜨리는 거야. 넷째, 방귀깨나 뀌는 자의 관혼상제에는 빠짐없이 참석해 얼굴도장을 찍어 사람들이 기억하게 하는 거야. 다섯째, 권력자의 마누라 집안사람들과 가까이 지내야 돼. 권력자의 귀는 마누라 입에는 항상 열려 있거든. 여섯 번째, 연구소를 하나 만들어 때가 오기를 기다리는 거야. 일곱 번째……."

"야, 이 교수, 이제 그만둬. 난 장관 포기할래. 너무 복잡해서 시켜줘도 못하겠어."

"장관 싫다는 놈 처음 봤네."

"장관이 뭐가 좋다고 그래."

"진 사장, 너 몰라도 되게 모르는구나. 장관 1년만 하면 평생 놀고먹을 거 나오게 돼 있어. 가만히 앉아서 갖다주는 것만 받아먹고도 말이야."

"미친 소리 하네."

"야, 진 사장, 너도 오늘 권 장관한테 돈 주러 왔잖아. 빨리 주고 가봐."

이성수가 등을 돌렸다.

순간 이유 모를 분노가 진성구의 가슴을 휘저어놓았다. 그렇지 않아도 여동생 미숙의 결혼생활이 파경에 이르러 가슴이 쓰라린데, 그렇지 않아도 이진범 사장과 미숙의 불륜관계에 속이 터지는데 이성수의 모욕적인 말은 도저히 참을 수가 없었다. 진성구는 돌아서는 이성수의 팔을 잡아 나꿔채며 자신도 모르게 벌컥 화를 냈다.

"넌 뭐가 잘났다고 큰소리야? 마누라하고 자식까지 팽개친 주제에……. 너 같은 놈은 죽어도 싸."

순간 잠시 전의 호기는 온데간데없이 사라지고, 고개를 푹 숙이는 이성수의 충혈된 눈에 눈물이 고이는 듯했다.

"나도 그렇게 생각해. 나 같은 놈은 죽어야 해. 어떻게 하면 죽을 수 있는지 좀 가르쳐줘."

이성수가 중얼거렸다.

진성구의 분노가 이내 측은함으로 바뀌었다. 원래 천성이 벌레 한 마리도 죽이지 못할 착한 친구인데, 뭐에 홀렸는지 어쩌다 가정까지 깨고 저 지경이 되었을까? 진성구는 안타까운 마음이 들었다.

"어때? 재결합하는 것이⋯⋯."

잠시 사이를 두었다가 진성구가 말했다. 이성수는 아무 말도 하지 않고 고통스러운 표정을 지었다.

"커가는 진호를 생각해서라도 미숙이에게 한번 사정해 봐."

이성수는 여전히 침묵을 지켰다. 진성구는 이내 이성수의 어깨를 두드려주고 그와 헤어졌다. 이성수의 침묵이 재결합의 가능성으로 여겨져 진성구는 마음이 좀 홀가분해졌다.

엘리베이터를 기다리면서도 진성구는 여동생 미숙과 이성수의 생각을 떨쳐버릴 수가 없었다. 때 묻지 않은 이성수와 세상물정 모르고 착하게 자란 미숙이 결혼했을 때 그들 부부는 누구의 눈에도 이상적이고도 꿈같은 결합으로 보였었다. 그리고 결혼과 동시 부부가 미국 유학을 떠났을 때 신랑은 훌륭한 학자, 신부는 유명한 예술인이 되어 금의환향하리라는 것을 누구도 의심치 않았었다.

그런데 남녀관계란 참으로 알다가도 모를 일인가? 그런 부부가 4년이 지난 지금에 와서는 한쪽은 술주정뱅이로 하루하루 몰락해가고 있고, 다른 쪽은 세 살짜리 아들을 데리고 혼자 살며 유부남과 불륜관계를 맺고 있다니…… 진성구는 갑자기 이진범을 향한 분노가 가슴속에서 치밀어오는 것을 느꼈다. 이진범, 이 자식만은 결코 가만두지 않겠다는 각오가 또다시 불끈불끈 솟아올랐다.

그런데 이진범은 파렴치한 놈이니까 그렇다손 치더라도, 이성수 이 친구는 도대체 무슨 이유로 착하기만 한 여동생에게 끈질기게 이혼을 요구했을까? 아무리 생각해보아도 진성구로서는 이해가 되지 않았다. 혹시, 이성수가 자기 아버지의 죽음이 대하실업 때문이라고 생각해 삐딱하게 나간 것은 아닌가? 대하실업과 같은 업종의 사업을 하다 고혈압으로 쓰러져 세상을 떠난 이성수의 아버지가 문득 떠올랐다. 진성구는 고개를 절레절레 흔들었다. 그럴 가능성조차도 생각하고 싶지 않았다.

엘리베이터가 도착하자 진성구는 그런 상념에서 빠져나왔다. 엘리베이터 문이 닫히기 바로 전 백인홍 사장이 헐레벌떡 뛰어오는 모습이 보여 진성구는 오픈 버튼을 눌렀다.

"고맙습니다."

백인홍이 엘리베이터 안에 들어와 진성구 옆에 서며 말했다. 진성구는 그냥 미소로써 답했다.

내려가는 엘리베이터 안에서 진성구는 침묵을 지키기도 뭐하고 그렇다고 함께 나눌 뚜렷한 화제도 없어 머뭇거리던 차에, 백 사장이 바이어를 뺏으려고 한다는 황무석의 말을 떠올렸다.

"하청 단가가 낮아 사업하시는 데 힘드시지요?"

진성구가 넌지시 한 마디 던졌다.

"뭘요…… 그런대로 괜찮습니다."

"백 사장님 회사 규모도 작지 않은데, 직접 시장을 개척해보시지요?"

"능력이 있어야지요……. 하기야 아무래도 하기는 해야 될 텐데……. 그런데 대하실업이 사업 방향을 하청에서 자가 생산으로 바꾼다면서요?"

진성구에게는 금시초문이었다. 그런 소문이 나면 대기업의 횡포로 간주되어 회사에 해로울 것 같았다.

"누가 그러던가요?"

"황 이사가 그런 말을 한 것 같은데요."

"그런 계획이 없는데요."

"그럼 황 이사가 개인적으로 공장을 하는 건지……."

"누가 그런 말을?"

"황 이사가 이미 공장 건물까지 마련했다는 소문을 들었습니다."

진성구는 백인홍의 표정을 유심히 보았다. 농담으로 던지는 말이 아니었다.

"어디서 그런 풍문을?"

진성구가 백인홍에게 지나가는 말처럼 물었다.

"저희 업계에서는 다 알고 있는 사실입니다. 진 사장님께서는 모르고 계셨습니까?"

"그런 일 절대로 없을 겁니다. 하청업체와의 장기적 유대가 대하실업의 큰 자산이라고 생각하고 있습니다. 그럼 먼저 가보지요."

엘리베이터가 1층에 도착해 그들은 헤어졌다.

진성구는 건물 입구에서 차를 기다리면서 섬뜩한 느낌이 들었다. 무서운 음모에 빠져들어가는 기분이랄까? 백인홍이 들었다는 황무석에 관한 소문이 사실이라면 그냥 넘어갈 일이 아니었다. 황 이사가 무슨 배짱으로 그런 짓을 하나? 진성구는 기가 찼다.

"황 이사한테 전화 없었어?"

진성구는 차에 올라타자마자 기사에게 물었다.

"방금 전에 전화가 왔었습니다. 집으로 전화 부탁드린 다고 했습니다."

진성구는 기사에게 대기하라는 말을 남기고 다시 차에서 내렸다. 사안이 사안인 만큼 기사가 대화 내용을 들어서도 안 되기 때문에 카폰을 사용하는 것조차도 피하고 싶어서였다. 진성구는 공중전화 부스로 가 버튼을 눌렀다.

"황 이사님? 난데요."

"사장님, 일이 잘되었습니다. 완전한 성공입니다. 방금 전 심리 분실에서 청천물산의 원자재 입출장부를 확보했다고 합니다."

"알았어요."

진성구는 순간 10년 묵은 체증이 내려앉은 듯 가슴이 후련해졌다.

잠시 짬을 두었다가 백 사장 회사의 하청 문제를 꺼냈다.

"아, 참 백인홍 사장 건인데…… 요즘 임금 상승으로 하청업체가 아주 어려울 텐데 일감을 최대한 밀어주도록 하세요."

"사장님, 그 문제라면 저한테 맡겨주십시오. 한번 혼을 내주어야지 그대로 두었다간 앞으로 큰 문제가 생깁니다."

"달리 마땅한 하청업체를 구하기도 힘들 텐데……."

"벌써 구해놓았습니다. 수출에 조금도 차질이 없을 겁니다."

"신중히 처리하세요."

"염려 안 하셔도 됩니다."

진성구는 공중전화 부스에서 나와 차에 올라탔다. 머리를 뒤로 젖힌 채 생각에 잠겼다. '염려 안 하셔도 됩니다'라고 말할 때의 황 이사 말투가 마치 자기 일에 관여치 말라는 소리로 들려 진성구는 마음이 꺼림칙했다. 그러고 보니 이진범과 자신의 누이동생이 불륜관계라는 사실을 그에게 알려준 것도 황 이사였고, 관세청 심리 분실에 정보를 제공하는 것도 황 이사의 아이디어였다는 사실이 떠올랐다.

이진범 회사 건에 관한 한 비록 황 이사가 제보자였으나 그것은 어디까지나 진성구 자신의 지시에 의한 것이었다. 그것을 약점으로 삼아 백운직물에 가던 하청 일을 가로채 떳떳하게 자신의 공장에 높은 단가로 주려는 것이 황 이사의 의도인가? 진성구는 찜찜한 기분이 들었다.

그는 차창 밖으로 무심한 시선을 보내며, 이진범에게 다가올 가혹한 시련을 떠올렸다. 감옥 생활, 파산, 가족의 불행, 재기불능……. 이것들이 이진범의 앞날을 채울 것이다. 그러나 이진범이 어떤 혹독한 시련을 겪더라도 그것은 자신이 겪은 고뇌에 비하면 너무나 하찮은, 너무나 당연한 벌이었다. 하나밖에 없는 여동생을 향한 애정이 증오로 변하게 했고, 돌아가신 어머니에 대해 지울 수 없는 죄를 짓게 했으며, 무엇보다 자신을 밀고자로 타락시킨 장본인이 바로 이진범이기 때문이었다.

순간 진성구는 무엇에 놀란 사람처럼 상체를 일으켜 세워 차창 밖 어느 한 곳에 시선을 묶어두었다. 권기수 장관 연구소가 있는 건물로 들어가는 이혜정의 모습이 눈에 띄었다. 차창을 열고 그녀를 부르려다가 다른 사람의 시선 때문에 그만두었다.

혜정이 연구소에 가는 걸까? 그렇다면 무슨 이유로? 혹시 이성수를 만나러 가는 건 아닐까? 질문이 꼬리를 물고 이어졌다. 그러나 진성구는 혜정이 미국에서 연극 워크숍에 참가했을 때 어릴 적부터 친한 친구인 미숙의 집에 잠시 머물러 있었다는 사실을 떠올리며, 혜정과 이성수가 특별한 관계는 아닐 거라고 스스로를 위로했다.

그는 고개를 젖히고 눈을 감았다. 그의 귀에, 무대 위에서 클레오파트라가 된 이혜정의 목소리가 울려퍼졌다.

'참 잘 오셨어요. 당신이 살던 내 가슴속에서 숨을 거

158

두세요……. 인간 중에 가장 훌륭하신 분, 그예 돌아가
시겠습니까? 나를 내버려두실 작정이십니까? 당신이 없
으면 돼지우리만도 못한 이 비루한 세상에 나 혼자 남아
있으란 말입니까…….'

이혜정의 애절한 목소리는 계속해서 들려왔다.

'이제 만사는 허무, 인내는 바보짓, 조바심은 미친 개
수작, 그러니 죽음이 닥치기 전에 선수를 쳐서 죽음의
집에 달려든다고 어떻게 죄가 된단 말입니까?'

그리고 바로 다음 순간 그 애절함을 내뿜는 이혜정의
입이 그의 머릿속에서 그의 남성을 애무하고 있었다. 호
텔방의 침대 위에서 둘 사이에 일어난 일이었다.

순간 그의 남성이 정상을 향해 치솟기 시작했다. 진성
구는 자리를 고쳐 앉았다. 생각만 해도 자신을 흥분케
하는 이혜정의 마력이 경이스럽기까지 했다. 이혜정의
마력은 육체에 한정된 것이 아니라고 진성구는 인정하지
않을 수 없었다. 남자의 성취욕 뒤에는 항상 여자의 체
취가 숨어 있다는 말이 있듯이, 그에게 이혜정의 체취는
노력의 원동력이었고, 성취욕의 바탕이었으며, 인내심의
뒷받침이었다. 적어도 이혜정이라는 여자의 눈에는 스스
로가 유능한 남자, 자신 있는 남자, 열심히 일하는 남자
로 비쳐지고 싶었다.

그랬다. 과거 2년 동안 이혜정과의 은밀한 관계를 유지하는 동안 정말로 그랬다. 무슨 일을 하든 어떤 결정을 내리든, 매 순간 이혜정이라는 여자의 존재감이 머릿속 한구석을 차지하고 있었다. 그는 여자가 궁극적으로 바라는 것은 줄 수 없었다. 가정을 버린다는 것은 그에게 생명을 끊는 것과 같았다. 그가 그녀를 위해 할 수 있는 일은 오로지 한 가지, 그녀에게 자신의 남성이 가장 가치 있는 남자라는 것을 끊임없이 각인시켜주는 것밖에 없었다. 물론 그것이 그 여자가 원하는 것이라고, 그것이 그녀의 죄의식을 지울 수 있을 것이라고 확신할 수는 없지만.

# 8. 남자의 마음과 여자의 마음

## : 이진범/진미숙

- 가정과 사업을 지키기 위한 남녀의 선택.
- 88 서울올림픽의 순위는 소련(금 55), 동독(37), 미국(36), 한국(12), 서독(11) 순
  이었다. 그리고 2년 후 소련은 몰락했고, 동독은 서독에 흡수되었다. 짧은 기간
  동안 그 얼마나 놀랍고 급격한 변화를 겪었나! 예측 불가능한 것이 역사다.
- 어머니의 자식 사랑은 동물보다 더 동물적이다. 다른 점이 있다면 어머니는
  약한 자식을 더 사랑하고, 동물은 더 강한 자식을 사랑한다는 것이다.

서울의 밤거리는 네온사인의 명멸에 박자를 맞추듯이
흥청망청, 올림픽 열기에 어쩔 줄 몰라하고 있었다. 달
리는 택시 뒷좌석에 깊숙이 몸을 묻은 이진범은 차창 밖
으로 시선을 주며 불안한 마음을 떨쳐버릴 수 없었다.
정말 이래도 되는 건가? 보릿고개를 잊어버린 지가 얼마
나 되었다고 이렇게 흥청망청 멋대로 놀아나도 되는 걸
까? 그러나 그런 걱정도 잠시뿐, 그의 머릿속은 조금 전
헤어진 진미숙 생각으로 들어차기 시작했다. 그는 고개
를 저었다. '어떤 고통이 오더라도 그녀를 다시는 만나지
말아야지.' 그는 자신에게 단단히 다짐했다. 그녀의 행복

을 위해서라도. 그리고 죄 없는 아내와 아이들을 생각해서라도.

돌이켜 생각해보니, 그가 진미숙과 불장난을 하며 지낸 1년간은 마치 꿈속에서 아련히 보내버린 하룻밤 같았다. 희열과 불안, 그리움과 안쓰러움, 그리고 밝음과 어두움이 점철된 하룻밤의 꿈……. 그러한 꿈속에서 허우적거리다가 막 깨어나 눈을 번쩍 뜨자마자 헤어짐이라 불리는 현실이 눈앞에서 기다리고 있는 격이었다. 하기야 그들의 만남에는 항상 헤어짐이 뒤따랐다. 그러나 그간의 헤어짐은 오늘 저녁의 헤어짐과는 달리 앞으로 있을 만남을 기약하는 헤어짐이었다. 이제 또 다른 만남이 있을 때까지 그들 사이에는 그리움만이 존재하고 있을 것이다. 산뜻한 그리움, 안타까운 그리움, 미칠 것만 같은 그리움…… 어떤 그리움이든 그것은 가슴 뿌듯함이었다.

그렇다. 그들의 만남은 항상 육체의 만남, 불안의 만남, 정열의 만남이었고, 그들의 헤어짐은 언제나 그리움의 헤어짐, 안도의 헤어짐, 죄의식의 헤어짐이었다.

"우리나라가 이번에 금메달 몇 개나 딸 거 같습니까?"

택시기사가 백미러에 시선을 주며 입을 열었다.

"글쎄요. 열 개는 따지 않겠어요?"

이진범이 얼른 사념에서 깨어나 똑바로 고쳐 앉으며 답했다.

"열 개면 세계 5위권에는 들겠지요?"

"글쎄요……."

이진범은 말끝을 흐리며 택시기사의 옆모습을 보았다. 매우 천진난만한 모습이었다. 아니, 어리석으리만치 순박해 보였다. 장밋빛 꿈에 젖어 급속도로 허물어져가는 사회, 그러한 사회 속에 사는 거의 모든 사람의 가슴속이 서서히 썩어 들어가고 있는데, 그렇지 않은 사람이 어리석어 보임은 무슨 이유일까? 이진범은 자신에게 물어보았다. 그들의 순진함이 어리석어 보일 정도로 자신이 썩어 있는 것일까?

"소련이 첫째일 거고, 그다음 미국, 그다음 동독…… 아니, 동독이 미국을 이길지도 모르지……."

택시기사는 혼자서 중얼대며 메달 수에 따라 결정되는 국가 순위를 예상해보는 데 여념이 없었다.

이진범은 차창 밖으로 시선을 보냈다. 자정이 곧 다가오는데도 길가에 불이 켜진 초라한 옷가게가 보였다. 유리벽 안에서 바삐 움직이는 점원의 모습도 보였다. 어쩌면 저 사람들 모두가 그토록 행복한 사람으로 보이는지! 나도 저들처럼 평범한 행복을 누리며 사는 지혜를 터득

할 순 없을까? 그 순간 그는 결심했다. 앞으로는 어떤 일이 있어도 그런 행복을 놓치지 않겠다고. 평범한 행복, 가족과의 행복, 소시민으로서의 행복.

———◆———

이진범과 헤어진 진미숙은 아파트에 막 도착한 택시에서 내렸다. 현관으로 들어서면서 경비실 창문을 통해 보이는 경비원에게 목례를 했다. 경비원이 창문을 열고 화급히 말했다.

"지금 들어오시는군요. 아까 저녁때 아드님이 이 앞에서 자전거를 타다가 다쳤어요."

"많이 다쳤나요?"

놀란 진미숙이 물었다.

"아니요. 손을 조금 다쳐서 일하는 아주머니하고 저하고 이 동네 병원에 데려가서 몇 바늘 꿰매고 왔어요."

진미숙은 경비원의 말이 떨어지자마자 엘리베이터 앞으로 뛰어가 버튼을 눌렀다. 문이 열리자 얼른 안으로 들어가 12층 버튼을 눌렀다.

엘리베이터가 움직이기 시작하자 진호를 향한 미안한

감정이 그녀의 가슴속을 쥐어뜯었다. 자신이 어떤 여자가 되든, 어떤 딸이 되든, 진호에게만은 좋은 엄마가 되고 싶다는 꿈을 결코 포기할 순 없었다. 세월이 흘러 진호가 가정을 이루었을 때 진호의 자식에게는 훌륭한 할머니, 며느리에게는 너그러운 시어머니, 진호에게는 곱게 늙어가는 좋은 엄마가 되고 싶었다. 진호가 오늘 저녁 엄마가 어디서 무엇을 했는지 알게 된다면? 그녀는 죄책감에 휩싸였다. 비록 사랑했던 두 남자에게서, 2년 전에는 진호 아빠로부터, 오늘 저녁은 이진범으로부터 버림을 받았다 해도 진호에게서만은 버림받을 수는 없었다. 영원히. 살아 있는 동안에는 절대로.

12층에 선 엘리베이터에서 내려 진미숙은 복도를 뛰어갔다. 아파트 문 앞에서 허겁지겁 핸드백을 뒤져 열쇠를 찾아 꽂는 순간 아파트 문이 열렸다.

"이제 들어오세요?"

일하는 아주머니가 문을 열며 말했다.

"진호는 어때요?"

현관으로 급히 들어서면서 진미숙이 물었다.

"아, 얘기 들으셨군요. 괜찮아요. 지금 막 잠들었어요."

아주머니의 말을 귓전으로 흘리면서 진미숙은 아들의

방으로 가 방문을 살그머니 열었다.

침대 옆 스탠드에서 발하는 잔잔한 불빛이 잠들어 있
는 아들의 모습을 드러내주었다. 붕대를 감은 오른손 둘
째손가락이 그녀의 눈에 비쳤다. 그녀는 침대 옆에 꿇어
앉아 깊은 잠에 빠져 있는 아들의 오른손을 살펴보았다.
그리고 진지하면서도 장난기가 뚝뚝 흐르는 아들의 얼굴
을 바라보았다.

잠시 후 놀란 가슴이 진정되면서 그녀는 마음이 포근
해졌다. 그녀의 마음을 포근하게 하는 것이 아직도 세상
에 남아 있다면 그것은 잠들어 있는 아들의 모습이었다.
뭐랄까, 복잡한 인생살이가 재미있는 장난거리로만 보이
게 한다고 할까. 혹은 세상이 자신을 위해서 존재한다는
자신감, 아니면 끊임없는 도전을 추구하는 모험심을 느
끼게 한다고 할까. 여하튼 아들의 자는 모습에서 그녀는
마음의 안정을 되찾았고, 아들의 순진무구한 모습에서
삶의 용기를 얻었으며, 아들의 귀여운 모습에서 사랑을
주고받는 기쁨을 맛보았다.

진미숙은 아들의 뺨에 살며시 입술을 갖다대었다. 아
들을 가슴에 꼭 껴안고 싶은 충동이 울컥 솟았다. 그녀
는 아들의 얼굴을 두 손으로 감싸고 아들의 이마에 자신
의 이마를 대었다. 새근새근 잠들어 있는 아들의 숨소리

를 들으며 그녀는 자신의 인생이 결국 완전한 실패만은 아니라고 느꼈다.

아들이 답답했던지 몸을 뒤척이더니 잠결에 두 손으로 그녀의 가슴을 밀어내고 옆으로 돌아누웠다. 아들에게서 멀어진 순간 그녀에게 차가운 공포가 찾아왔다. 아들한 테서까지? 그러나 다음 순간 아들은 똑바로 누우면서 잠에서 깨지도 않은 채 두 팔을 벌려 허공을 더듬었다. 진미숙은 아들의 벌린 두 팔 사이로 얼굴을 내밀었다. 아들이 엄마의 목을 두 팔로 끌어안으며 자신의 얼굴 옆으로 엄마의 얼굴을 끌어당겼다.

아들의 무구함과 엄마의 자상함, 남자의 관대함과 여자의 섬세함이 그곳에서 한데 어우러졌다. 그리고 그곳에서 그녀는 엄마로서의 행복을 느꼈고, 그러한 행복감은 삶의 괴로움을 그녀의 가슴에서 씻어주었다.

진미숙은 아들 방을 나와 응접실 소파에 앉았다.

"저녁을 차릴까요?"

주방에서 나오며 아주머니가 말했다.

"아니에요. 괜찮아요. 욕조에 물 좀 받아주시겠어요?"

진미숙이 말했다.

그녀는 목을 뒤로 젖히고 눈을 감았다. 피로가 한꺼번에 몰려왔다. 눈앞에 잠들어 있는 아들 진호의 모습이 아른거렸다. 잠들어 있는 진호에게 말을 건네면 꿈속에서 진호가 들으리라는 생각이 들었다. 아들의 천진난만한 눈을 대하면 쑥스러워서 아무 말도 하지 못하는 용기 없는 엄마지만 곤히 잠든 아들에게는 평소 가슴속에 품고 있던 자신의 심정을 솔직하게 말할 수 있을 것 같았다. 그녀는 속으로 말하기 시작했다.

'진호야, 네가 있는 곳이 어디든 간에 엄마는 항상 네 옆에 있을 거야. 진호야, 엄마는 네 옆에 있는 동안 불행하지 않을 자신이 있어. 진호야, 고맙다.'

"욕조에 물 받아놓았어요. 그럼 쉬세요."

아주머니가 말했다.

"네, 이제 들어가 주무세요. 오늘 진호가 말썽을 부려 죄송해요. 이제부턴 저녁 전에 집에 꼭 들어올게요."

진미숙이 말했다. 이제부턴 늦게 들어올 이유가 없었다. 그녀는 소파에서 일어나 욕실로 갔다.

진미숙은 욕실 문을 열고 들어서서 욕실 등의 스위치를 껐다. 언제부터인가 거울에 비치는 자신의 나신이 싫어져 샤워를 하기 전 욕실 등을 끄는 버릇을 지녀왔던 것이다. 언제부터였더라? 분명하게 기억을 더듬을 수가 없었다. 그녀는 옷을 벗고 욕조에 들어가 목만 물 밖으로 내놓고 몸을 푹 담갔다. 그때 그녀는 언제부터 자신의 나신을 보기를 거부했는지 기억이 났다.

미국에서의 짜릿한 결혼생활이 2년쯤 지났을 때, 진호의 재롱에 시간 가는 줄 모르고 지내던 어느 날 진호 아빠가 잠시 서울에 갔다 온 때를 진미숙은 떠올리고 있었다. 그러고 보니 그때부터 진호 아빠는 뚜렷한 이유도 없이 그녀와 방을 따로 쓰며 그녀를 멀리했었다. 그것뿐만이 아니었다. 진호 아빠의 눈길이 달라져 있었다. 애정 어린 눈길에서 차가운 눈길로.

진미숙은 두 손으로 미친 듯이 얼굴을 문질렀다. 마치 어떤 기억을 애써 지우려는 듯이. 그러나 그녀의 머릿속에서는 진호 아빠와의 대화가 울려 퍼지고 있었다.

"저를 왜 멀리하는 거죠?"

진호 아빠가 서울에 다녀온 지 3개월이 지났을 무렵 어느 날 밤, 진미숙이 침대에 앉아 있는 진호 아빠에게 물었다. 대답이 없었다.

"제가 무슨 잘못이라도 했나요?"

여전히 대답이 없었다.

"제발 무슨 일인지 얘기해줘요."

진호 아빠가 그녀에게서 등을 돌렸다.

"그럼…… 우리 이혼해요."

그녀가 말했다.

진호 아빠는 벽 쪽을 보고 누웠다. 잠시 후 진호 아빠의 소리가 벽에 부딪혀 퉁겨져왔다.

"그렇게 합시다. 그게 당신한테도 좋을 거요."

그때 서울에서 진호 아빠에게 무슨 일이 있었던 것일까? 진미숙은 얼굴에서 손을 떼면서 멍한 시선으로 어둠 속을 더듬었다. 그러나 무슨 일이 일어났든 이제는 모든 게 과거지사일 뿐이다. 과거를 잊어버리고 현재를 살아야지, 미래를 맞을 준비를 하면서……. 그런데 나의 미래는 어떤 모습일까? 지루한 봄, 잔인한 여름, 쓸쓸한 가을, 매서운 겨울, 그리고 이 모든 계절을 거치고 갈 기나긴 밤. 그러나 살아가야지, 용기를 가지고 살아가야지. 진호를 위해서, 아니 진호의 엄마를 위해서. 진미숙은 얼굴을 물속에 푹 담갔다. 그녀는 물속에서 아들 진호에게 속삭였다.

'진호야, 너는 엄마가 앞으로 겪어야 할 고통을 결코 모를 거야. 나도 모르니까. 엄마가 이를 악물고 잊어버려야 할 순간들. 진호가 커서 어른이 되면 이해할 수도 있을 순간들.'

# 9. 강요된 악역 : 이진범

- 비자금 장부를 훔쳐 서울세관에서 도망.
- 기업이 살아남기 위해서 범법행위를 저질러야 하는 상황에서 기업을 경영하는 사람은 범죄자의 심리를 갖지 않을 수 없다. 그것은 계속되는 불안감이다.
- 그 심리 상태는 필연적으로 비굴함을 가져다준다. 그래서 자신도 모르게 권력과 부를 가진 자들에게는 무조건 고개를 숙이고, 그렇지 않은 자들은 철저하게 무시한다.

이진범은 술도 깰 겸해서 엘리베이터를 타지 않고 아파트 층계를 올라가고 있었다. 한 계단 한 계단 힘들게 발길을 떼어놓으면서도 입속으로는 유행가를 흥얼거렸다. 그러한 그의 모습은 과거 1년 동안의 어느 때보다 행복한 듯 보였다. 그러나 좀더 자세히 관찰하면 그의 그런 모습 어딘가에 행복과는 다른 무엇이 깃들어 있었다. 헤어짐에서 오는 슬픔과, 열애가 끝난 데서 오는 허무함과, 불륜의 속박에서 벗어난 해방감이 뒤범벅된 채 그의 가슴을 메우고 있었다.

진미숙이란 여인은 분명 그의 인생에 지워지지 않을

한 획을 그었음이 틀림없었다. 그런 그녀에게 고마워해야 할까, 원망해야 할까? 이진범은 얼른 판단이 서지 않았다. 오늘 저녁 영원히 헤어지기를 굳게 약속한 이 마당에 따져봐야 무슨 소용이 있겠는가! 그는 자신을 다독거렸다. 그녀와의 관계는 이미 돌아올 수 없는 과거사가 되어버렸고, 남은 것이 있다면 그것은 추억일 뿐이다. 아리따운 추억, 위험한 추억, 슬픈 추억으로 가슴속에 깊숙이 자리잡고 잠들어 있다가 그 추억이 필요한 노년이 찾아오면 따뜻한 난로처럼 가슴속을 훈훈하게 감싸줄 것이다. 그렇게 이진범은 자신을 한껏 위로할 수밖에 없었다.

그는 아파트 문 앞에 서서 심호흡을 두어 번 했다. 아내를 대할 용기가 필요해서였다. 아파트 초인종을 눌렀다.

'당신이에요?' 하는 아내의 목소리와 '나야' 하는 자신의 목소리가 합쳐지는 순간 이진범은 지난 1년 동안 가슴속에 지녔던 아내를 향한 미안함이 한꺼번에 솟구쳐오는 것을 느꼈다. 현관문이 열렸다. 아내의 얼굴을 대하자 그 순간 미안한 감정이 가슴 편안한 애정으로 바뀌었음을 알았다. 오랫동안 그리워했던 고향에 돌아온 기분이랄까. 여하튼 그것은 아내만이 지닐 수 있는 마력이라 할 수 있었다.

"늦어서 미안해."

응접실에 들어서면서 이진범이 말했다.

"저녁은 먹었어요?"

"응."

"꿀물 타줄까요? 술 마신 것 같은데……."

"아니, 괜찮아. 별로 안 마셨어."

"회사에 연락은 했어요?"

"회사는 왜?"

"저녁나절부터 회사에서 당신을 찾느라고 야단이었어
요."

"무슨 일로?"

"모르겠어요. 최 이사가 사무실에서 계속 기다리고 있
겠다고 했는데요."

이진범은 11시 50분을 가리키는 벽시계에 시선을 주
었다. 그는 응접실 소파에 앉으면서 수화기를 귀로 가져
가는 동시에 버튼을 누르기 시작했다.

"최 이사 좀 바꿔줘. 나 사장이야."

최 이사와 연결되기를 기다리는 동안 이진범은 불길한
예감에 휩싸이기 시작했다. 이 시간에 최 이사가 회사에
있다는 건 예삿일이 아니었다.

"최 이사입니다."

"나요. 무슨 일이지요?"

"사장님, 큰일 났습니다. 관세청 심리 분실에서 들이 닥쳐 원자재 입출원장을 압수해 갔습니다."

"무슨 사유로?"

"우리 회사의 수출용 원자재 국내시장 판매에 대한 정보를 가지고 있었습니다."

이진범의 얼굴이 핏기를 잃었다.

"누가 제보했대요?"

"그건 모릅니다."

"수색영장을 가지고 왔나요?"

"없었지만 협조 안 하면 국세청에 의뢰해서 세무사찰을 한다고 해서……."

"최 이사, 그럼 장부를 순순히 넘겨주었단 말입니까?"

"……."

"비자금 사용명세서는 가지고 있어요?"

이진범이 최 이사에게 다급히 물었다.

"사장님 캐비닛에 있습니다."

"당장 내 캐비닛 속에 있는 명세서와 관련된 서류를 모두 찢어버려요."

청천물산에 어떤 일이 발생하더라도 회사가 살아남으려면 거래처나 공무원들을 보호해야 한다는 본능적인 의

무감에서 나온 결정이었다.

"그리고 심리 분실 수사관들이 임의동행 형식으로 주 과장을 데리고 갔습니다."

"혹시 주 과장한테서 연락이 오면 내가 심리 분실로 갈 때까지는 어떤 진술도 하지 말라고 단단히 이르세요. 모든 걸 나한테 미루라고 하고요."

"알겠습니다."

"얼마 동안이 될지 모르지만 이 일이 해결될 때까지 최 이사가 회사 운영에 최선을 다해주세요."

"잘 알겠습니다."

이진범은 수화기를 내려놓고 두 손으로 얼굴을 감쌌다. 술기운이 말끔히 가시면서 두통이 찾아왔다.

"회사에 무슨 일이 있어요?"

아내가 옆에서 서성거리며 근심에 젖어 말했다.

"아니야. 별거 아니야. 회사 운영하다 보면 흔히 있는 일이야."

사실인즉 별일 아닌 게 아니었다. 매우 심각한 일이었다. 과거 3년 동안 회사를 운영하며 세무실사다, 수출품 품질 클레임이다, 공장에서 인사 사고가 났다 등 여러 가지 크고 작은 일이 다반사였으나 이번처럼 된통 걸린 적은 없었다.

"당신 먼저 들어가서 자."

"당신은 뭐하게요?"

"좀 있다가 들어갈게. 내 걱정은 말고 얼른 들어가."

아내가 미적미적 안방으로 들어가자 그는 목을 젖히고 눈을 감았다. 무력함이 한꺼번에 몰려왔다. 처음에는 멍멍한 기분이었으나 시간이 흐르면서 회사에서 일어난 일이 무엇을 의미하는지 감이 잡히기 시작했다. 범법자가되어 감옥에 들어가야 할 자신의 신세와, 회사의 파산으로 빚쟁이에게 몰릴 가족의 모습이 눈앞에 그려졌다. 자신의 인생이야 어떻게 종말을 고하든 쉽사리 포기할 수 있다 하더라도 가족의 인생은 그렇게 쉽게 내팽개칠 수 없었다.

이진범은 소파에서 일어나 화장실로 갔다. 세면기에 물을 틀어놓고 두 손으로 찬물을 얼굴과 머리, 목 뒤로 끼얹었다. 그 순간 그는 어리석게도 6년 전 세상을 떠난 아버지에게 마음속으로 애원하고 있었다. 한 번만, 꼭한 번만 도와달라고. 지금부터는 남은 인생 동안 허튼수작 부리지 않고 한 가족의 가장으로서 착실하게 가족만을 돌보며 살아가겠다고. 그는 그 순간 진미숙과의 불륜을 머릿속에 떠올리고 있었다. 마치 아버지가 그녀와의 불륜을 꾸짖기 위해 그에게 그런 벌을 내리고 있기나 한

듯이.

이진범은 그의 인생에서 오늘 밤이 가장 긴 밤이 되리라는 것을 알았다. 그리고 오늘 밤이 얼마나 길든 이 밤이 지나 내일은 오게 되어 있고, 내일이 다시 어둠을 맞이하기 전에 그의 인생은 놀라운 변화를 겪으리라는 것을 직감했다. 불꽃 속에서 달궈졌다가 무거운 망치로 다듬어진 강철 같은 장사꾼이 되든지, 한여름 땡볕 속에 흐물흐물 녹아나는 엿가락처럼 맥빠진 남자가 되든지, 내일 하루에 달려 있다는 사실을 알았다. 맥빠진 남자 신세를 면하려면 누군가의 도움이 필요했다. 황무석 이사? 그런 약삭빠른 놈이? 천만에. 비웃기만 할 거다. 백인홍 사장? 백인홍 사장……. 그는 얼른 돌아서 수건으로 얼굴을 훔친 후 화장실에서 뛰어나왔다.

"백 사장님 댁이지요? 늦게 죄송합니다. 이진범 사장이라고 하십시오."

이진범은 수화기에다 대고 급히 말했다.

"백 사장, 늦게 미안해. 급히 의논할 일이 있어서."

"무슨 일이야?"

"회사에 문제가 생겼어. 오늘 저녁에 관세청 심리 분실 수사관이 회사에 들이닥쳐 수출용 원자재 입출장부를 가지고 갔어."

"뭐? 그럼 심리 분실에서 증거를 확보했단 말이야?"

"그렇다고 봐야지."

"불법 내수 판매액이 어느 정도 되는데?"

"꽤 많아. 연간 한 3억은 될 거야."

"심리 분실에서 어떻게 알고 왔지?"

"나도 몰라."

"직원이 제보한 거 아니야?"

"그건 모르겠어."

"근래 쫓겨난 직원 없어?"

"그런 기억이 안 나는데…… 아마 없을 거야."

잠시 침묵이 흘렀다.

"청와대 수석비서관 중 아는 사람 없지?"

백인홍이 물어왔다.

"없는데."

"재무부는?"

"어느 수준이어야 하는데?"

"장차관은 돼야 해."

"없는데."

"안기부나 청와대 경호실은?"

"없어……."

"내가 생각해보고 10분 후에 다시 전화할게."

그래도 같이 의논이라도 할 사람이 있다는 게 얼마나 다행스러운지 몰랐다. 이진범은 베란다 쪽으로 가 커튼을 빠끔히 열고 조심스럽게 밖을 내다보았다. 주차장 건너편에 마주하고 있는 고층 아파트, 거의가 불이 꺼진 아파트에 시선을 보냈다. 성냥갑을 쌓아올린 것처럼 단조롭지만, 그곳에서 포근한 잠자리를 갖고 달콤한 꿈을 꾸고 있을 행복한 이웃들의 모습이 눈앞에 그려졌다. 시선을 옮기자 군데군데 불 켜진 아파트가 보였다. 그곳에 그의 시선이 잠시 머물렀다. 책 속에 파묻혀 입시 공부에 여념이 없을 수험생들의 모습이 떠올랐기 때문이었다. 그리고 그의 상상은 잠시 그를 20년 전으로 되돌려 놓았다.

대학교 입시 수험생 시절로 돌아가 지난 20년의 인생을 다시 살 수만 있다면! 그것이 불가능하면 3년 전 월급쟁이 생활로 다시 돌아갈 수만 있다면! 사업을 시작한 것에 대한 한없는 후회가 그의 가슴을 파고들었다.

앞으로 내가 살아야 할 남은 인생은 어떤 삶일까? 그

자신도 예상할 수 없었다. 아니, 그 질문 자체만도 그에게 절망을 가져다주었다. 빚쟁이, 무일푼의 거지, 무능한 남편, 무력한 아버지, 자학에 빠진 중년의 남자, 저주스러운 늙은이…… 이 모든 것이 그의 미래에 해당하는 듯했다.

애초부터 자신은 사업을 할 능력이 없었다는 것을 인정하지 않을 수 없었다. 물고 물어뜯기는 철저한 적자생존의 세계에서 남보다 강인한, 남보다 잔인한, 남보다 부지런한, 남보다 건강한, 남보다 철면피한 그 무엇이 없다면 상대방에게 갈기갈기 물어뜯긴 후 잔해가 들판에 버려져, 먹이를 찾아 유유히 하늘을 날아다니는 대기업이라 불리는 독수리의 밥이 되게 마련인 것이다. 3년 전 그가 사업을 하기로 결정했을 때 오늘이 오기로 이미 운명 지어졌음에 틀림없다. 모든 사람이 훤히 볼 수 있었던 운명의 행로를 그만이 눈을 질근 감고 외면하고 있었다는 사실을 부정할 수 없었다. 그것은 어리석음이었다. 자신의 가족을 포함해 세상 모든 사람들의 비웃음을 당해도 마땅할 어리석음이었다.

'따르릉' 울리는 전화벨 소리에 이진범은 벼락을 맞은 사람처럼 깜짝 놀랐다. 그는 뒤돌아서 전화기 앞으로 급히 다가가 수화기를 들었다.

"나 백 사장이야······. 이 사장, 괜찮아?"

"어, 나야 뭐. 공연히 잠도 못 자게 하고······ 미안해."

이진범은 자신이 염치없는 사람처럼 느껴져 부끄러워졌다.

"그런 얘기 할 때가 아니야. 곰곰이 생각해봤는데 말이야, 지금 당장 손을 써야 돼."

"어떻게?"

"무슨 짓을 하든 증거를 남겨두면 안 돼. 어떤 빽을 쓰더라도 증거가 있으면 해결 방법이 없거든."

"증거라면······."

"두 가지야. 첫째는 장부를 그곳에 남겨두면 안 돼. 둘째는 심리 분실에 끌려간 직원의 진술을 남겨두면 안 되고."

"그럼 어떻게 하지?"

"방법은 하나밖에 없어. 지금 당장 심리 분실에 가서 무슨 수를 쓰더라도 담당 수사관을 구워삶아야 돼."

"무슨 수로?"

"나도 모르겠어. 무슨 짓이라도 해야지. 이 밤을 그냥 넘기면 안 돼······. 돈 가진 건 있어?"

"얼마 안 되는데."

"내가 좀 있는데 지금 당장 서울 관세청 앞으로 갈 테니 이 사장이 먼저 행동을 취해."

"알았어. 지금 갈게. 그런데 당장 구속되지는 않을까?"

"지금 시간이면 책임자도 없고, 증거를 확보했으니 구류는 안 할 거야. 여하튼 부딪쳐보는 수밖에 없어."

"알았어. 백 사장, 고마워."

이진범은 전화를 끊고 허겁지겁 윗옷을 걸쳤다. 역시 사업가를 아버지로 두었던 백인홍은 선비 집안 출신인 자기와는 다른 점이 있었다. 어떤 방법으로든 이번 일만 해결되면 사업에서는 영원히 손을 떼겠다는 결심이 굳어졌다. 제발 이번 일만 해결되도록 도와달라고, 가족을 생각해서라도 이번만 도와달라고 누군가에게 마음속으로 빌며 현관에 발을 내려놓았다.

'따르릉' 전화벨이 다시 울렸다. 이진범은 안방 문을 열고 후딱 뛰어나오는 아내를 손으로 제지하고 수화기를 들었다.

"난데, 아이디어가 하나 떠올라서……."

백인홍의 음성이 전화선을 타고 왔다.

"뭔데?"

"아까 낮에 진 사장네 결혼식장에서 재무부 장관 온 거 봤지?"

"나는 못 봤는데."

"왔었어. 소문으로 듣기로는 진 사장 고등학교 선배로 아주 가깝대."

"그래서?"

"그래서라니? 재무부 장관 말이면 아무래도 직속상관이니 관세청장도 들을 거고, 그러면 관세청장, 관세청 심의국장, 관세청 서울 분실장, 수사반장 라인으로 내려갈 거야. 그것도 아주 세게 말이야."

"진 사장한테 부탁하기가 좀 뭐한데……."

진 사장의 여동생 진미숙의 모습이 눈앞에 아른거렸다. 그들 사이의 불륜관계는 이제 막을 내렸지만 죄의식은 그의 가슴속에 그대로 남아 있었다.

"급한 판에 체면 차릴 것 없어. 한번 살려달라고 해봐."

"황무석 이사라면 몰라도……."

"그것도 괜찮은 생각이야. 그 친구 걸핏하면 용돈 긁어내는데 이런 때나 써먹어야지."

"한번 부탁해보지."

"무조건 살려달라고 해. 황 이사한테 듬뿍 집어준다고 언질을 주란 말이야. 그 친구 돈이면 사족을 못 쓰는 줄 이 사장도 알잖아. 하청업체니까 황 이사가 진 사장한테 부탁할 명분도 서고 말이야."

"알았어."

"여하튼 증거는 없애야 돼. 증거가 있으면 관세청장이 도와주려고 해도 불가능하니까 말이야."

백인홍이 이진범을 다그쳤다.

"알았어. 그럼 이따 만나."

"백 사장, 너무 고마워."

"그따위 소리 할 때가 아니야. 빨리 행동을 취해."

이진범은 수화기를 던지듯 내려놓으며 현관으로 향했다.

"무슨 급한 일이 있어요?"

옆에서 듣고 있던 아내가 근심스럽게 물었다.

"아무 일도 아니야. 그냥 들어가서 자."

"잠깐만 있어봐요."

아내가 대답도 기다리지 않고 안방으로 들어갔다.

"이 돈 가져가세요."

금방 안방에서 나오며 아내가 그에게 돈을 내밀었다. 백인홍과의 전화 내용을 듣고 순식간에 판단한 행동이었다.

"갑자기 이렇게 많은 돈이 어디서 나왔어?"

10만 원짜리 수표 뭉치를 받아들며 이진범이 말했다.

"곗돈 탄 거예요. 200만 원이에요."

"고마워."

이진범은 응접실로 다시 들어와 백인홍에게 전화를 걸었다.

"백 사장, 나야. 돈은 어떻게 마련했으니까 관세청으로 나오지 말고 집에 있어. 내가 다시 전화할게."

이진범은 말을 끝내자마자 집 밖으로 달려나갔다.

이진범이 모는 차는 서울역을 막 지나고 있었다. 도시의 급격한 변화를 이겨낸 몇 안 되는 건물인 서울역 청사는, 뭐라고 할까, 포근했던 그의 어린 시절을 떠올리게 하는 부모님의 주름진 얼굴을 연상시켰다. 지금 자신에게 벌어지고 있는 위급한 상황이, 마치 어린 시절 부모님이 위험하다고 하지 못하게 한 장난을 저질러놓고 부모님의 꾸지람을 걱정하는 꿈처럼, 꿈속에서 호된 꾸지람을 듣다가 깨어나면 그것이 꿈이었다는 안도감을 갖게 하는 그런 상황처럼 느껴졌다.

특별한 근거도 없이 그는 자신이 생겼다. 파란만장한

역사를 견디어낸 서울역 청사 때문인지, 낮의 소란함을 벗어난 도심지 거리의 차분함 때문인지, 아무튼 그것은 집을 떠나기 전의 무력함에서부터의 놀라운 탈출이었다.

이진범은 좌회전을 하여 서울세관 근처에 도착했다. 그는 차에서 내려 의식적으로 어깨를 쭉 펴고 어둠 속에 잠긴 서울세관 정문으로 들어섰다. 왼쪽 건물 한구석 방에서 불빛이 새어나오고 있었다. 그의 얼굴에 와 닿는 서늘한 봄바람이 '너는 사장이야, 아무도 너를 도와줄 사람이 없어, 너 자신이 해결해야 돼' 하고 그의 귀에 속삭이는 듯했다. 그는 뚜벅뚜벅 발길을 옮겼다.

관세청 심리 분실 서울세관 파견 사무실이 있는 건물로 들어서서 긴 복도를 걸어갔다. 복도 끝 방 앞에서 잠시 머뭇거렸다.

이진범은 문을 확 열어젖혔다. 불이 켜진 채 텅 비어 있었다. 옆방 쪽으로 가 문을 노크도 하지 않고 벌컥 열었다. 벽을 마주 보고 서 있던 회사 직원인 주 과장의 뒤돌아보는 시선과 그의 시선이 마주쳤다.

"사장님!"

주 과장이 실내를 두리번거리며 불안한 표정을 지었다.

"주 과장, 고생이 많지. 혼자 있는 거야?"

주 과장이 대답 대신 방구석으로 시선을 주었다. 그곳

좁은 침대에 옷을 입은 채 잠들어 있던 수사관이 몸을 꿈틀거렸다.

"불지 않았지?"

이진범이 주 과장에게 속삭이듯 말했다.

주 과장은 괴로운 표정을 지으며 그가 서 있는 옆 테이블 위로 시선을 보냈다. 이진범은 깜짝 놀랐다. 그곳에는 회사 장부와 주 과장이 쓴 진술서로 보이는 A4 종이가 있었다.

"당신 누구요?"

등 뒤에서 나는 소리에 이진범은 뒤를 돌아다보았다. 수사관이 간이침대에서 일어나 앉으며 험상궂은 얼굴로 노려보았다.

"나, 이 사람이 다니는 회사 사장이오."

"뭐요? 그럼 당신이 이진범이오?"

"그렇소."

수사관이 벌떡 일어나 장부와 진술서가 놓인 테이블 옆 의자에 앉았다.

"이 사장 당신, 큰일 저질렀어. 어쩌다 이런 짓을 겁도 없이 했소?"

수사관이 타이르듯 말하며 느긋하게 담배를 꺼내 물었다.

"주 과장, 저녁 먹었어?"

이진범은 수사관의 말을 들은 체도 않고 주 과장에게 물었고, 주 과장은 고개를 천천히 저었다.

"여보시오, 수사관님. 상황이 어찌되었든 사람에게 저녁도 먹이지 않고 이렇게 고생시키는 법이 어디 있소?"

이진범이 수사관에게 호통치듯 계속 말을 이어갔다.

"이 사람이 무슨 살인이라도 저질렀소? 죄 없는 직원에게 이게 무슨 짓이오? 당신은 나자빠져 자면서 사람 세워두는 게 무슨 짓이오?"

이진범은 자신의 입에서 나오는 소리가 자신이 하는 말 같지 않았다. 어떻게 하든 주 과장을 안심시켜야 한다는 직감에 따라 행동이 옮겨졌던 것이다.

"아니, 이 친구가…… 아직도 정신을 못 차리고……."

이진범의 고함에 질려 잠시 멍하니 있던 수사관이 어이없어하는 표정을 지었다.

"아무튼 당신 잘 왔어. 제 발로 기어들어왔구먼. 안 그래도 내일 잡아넣으려고 했는데……."

수사관의 험상궂은 얼굴에 야릇한 미소가 비쳤다. 그 순간 '따르릉 따르릉' 옆방에서 전화벨이 울렸다. 수사관이 문을 발길로 쾅 밀어차고 옆방으로 갔다.

"여보세요…… 네, 접니다. 아직 다 불진 않았습니다.

곧 붉게 될 겁니다…….”

옆방에서 수사관이 전화통에다 대고 말하는 소리가 들려왔다.

그러나 이진범의 눈은 테이블 위에 놓인 회사 장부와 주 과장의 진술서에 붙박여 있었다. 무슨 짓을 하든 증거는 없애야 한다는 백 사장의 말이 이진범의 머릿속에서 윙윙 울렸다.

“네, 지금 청천물산 사장도 제 발로 걸어들어와 여기에 있습니다.”

옆방에서 수사관의 목소리가 다시 들려왔다.

이진범은 테이블 쪽으로 몇 발자국 옮겨가 장부를 집어들었다. 이진범의 독에 찬 눈빛이 주 과장의 공포에 질린 눈빛과 순간적으로 마주쳤다. 그는 주 과장의 진술서도 집었다. 뒤로 돌아선 순간 주 과장의 시선과 다시 마주쳤다. 주 과장의 시선이, ‘제발 그러지 마십시오’라는 애원의 눈길로 바뀌어 있었다. 그는 주 과장에게로 가 가지고 온 돈을 그의 바지 주머니에 넣어주고서 문을 열고 나갔다.

이진범은 복도에 나서는 순간 잠시 머뭇거렸다. 일을 그르쳤을지도 모른다는 두려움이 앞섰다. 그는 엉겁결에 빠른 걸음으로 건물을 나섰다.

서울세관 정문을 지나는 순간부터 그는 미친 듯 뛰기
시작했다. 밤공기를 맞받아치며 어둠 속을, 벌떡거리는
심장의 고동을 억누르며 고요함 속을 뛰어가며 그는 아
무 생각도 할 수 없었다. 심장의 박동만이 그의 머릿속
에 울려퍼졌다. 그리고 그사이 놀랍게도 그의 눈빛이 달
라져 있었다. 그것은 자연의 아름다움을 볼 수 있는 눈
이 아니라 자연을 오염시킨 더러움을 찾는 눈빛, 인간의
선함을 볼 수 있는 눈이 아니라 인간의 약점을 꿰뚫어보
는 송곳 같은 눈빛이었다.

# 10. 적자생존 : 이진범

- 회사를 살리기 위한 최후의 몸부림.
- 이진범이 황무석을 믿었듯이 우리에게 가장 득이 된 사람이 가장 해가 될 수 있다.
- 남자에게 친구란 중요한 것이다. 하지만 좋아하는 친구만큼 싫어하는 친구도 있어야 한다. 싫어함이 성격의 뚜렷함을 증명하기 때문이고, 뚜렷함만이 한 인간의 존재를 정당화하기 때문이다.

어둠 속에서 마치 지옥으로부터 탈출이라도 하듯이 남산 순환도로를 무서운 속도로 달리는 차가 한 대 있었다. 그 차를 모는 사십 고개를 바라보는 남자의 독기 서린 눈이 어둠 속에서도 번쩍였다. 얼마 후 차는 도로 옆에 멈춰 섰다. 곧이어 그 남자는 차에서 내려 보도 옆 숲속으로 도망치듯 기어 올라가기 시작했다. 그 남자의 얼굴이 가로등 불빛에 희미하게 드러났다. 조금 전 심리분실에서 증거물로 보관 중인 장부와 주 과장의 진술서를 가지고 도망친 이진범이었다. 그의 겨드랑이에는 장부와 진술서가 끼여 있었다.

수목이 우거진 어느 한 곳에서 그는 섰다. 거기서 그는 장부와 진술서를 갈기갈기 찢어 바람에 날리기 시작했다. 마치 노비문서를 찢는 노비의 표정을 지으면서.

장부와 진술서를 다 찢어 바람에 날린 후 그는 속이 후련한 듯 하늘을 올려다보며 깊은 숨을 들이마셨다. 그러고는 남산을 내려와 차에 올라탔다. 집으로 들어갈 수 없었다. 지금쯤 결정적 증거를 잃어버려 길길이 날뛰고 있을 수사관의 모습이 눈에 선했다. 차의 액정시계는 2시를 가리키고 있었다. 그는 마른침을 꿀꺽 삼켰다. 지금 이 시각부터 어느 누구보다도 잔인하고 독해질 수 있다는 자신이 생겼다. '삐—' 하고 카폰이 울렸다. 이진범은 카폰을 들고는 가만히 있었다.

"여보, 여보, 당신이에요?"

아내의 다급한 목소리가 전화선을 타고 왔다.

"그래, 나야."

"당신 무슨 일을 저지른 거예요? 방금 심리 분실에 있는 회사 주 과장이 저한테 전화했어요. 당신한테 연락해 제발 장부를 가지고 심리 분실로 다시 오란다고 해요. 매우 중요하대요."

"알았어. 내가 알아서 할 거야. 오늘 집에 못 들어가는데, 너무 걱정 마."

그는 차 시동을 걸고 액셀러레이터를 밟았다. 왼손으로 운전대를 잡고 오른손에 든 카폰의 114 버튼을 다시 눌렀다.

"서울세관 심리 분실 전화번호 부탁합니다."

잠시 후 안내원이 알려준 번호로 그는 전화를 걸었다.

"여보세요?"

굵직한 남자의 목소리가 들려왔다.

"심리 분실이지요?…… 나 청천물산의 이진범 사장이오."

귀에 익은 수사관의 음성이라 이진범이 조용히 말했다.

"당신 죽을 줄 알아. 여기가 어딘 줄 알고 증거물을 갖고 튀어?"

수사관의 노한 음성이 그의 귓전을 때렸다.

"먼저 저희 회사 직원을 바꿔주시오."

"당신 빨리 장부 가지고 들어와. 즉시 안 들어오면 당신 작살나는 줄 알아."

"알겠소. 먼저 저희 직원과 통화하도록 해주시오."

잠시 후 주 과장의 목소리가 들려왔다.

"네, 사장님. 주 과장입니다."

"주 과장, 내 말 잘 들어. 이 일은 꼭 해야 돼. 수사관

을 겁내지 말고 나만 믿어. 주 과장이 회사를 살릴 수 있
어."

"어떻게요?"

"수사관한테 내가 장부를 가지고 가는 것을 보지 못했
다고 해. 절대로 보지 못했다고 딱 잡아떼야 해."

"……."

"주 과장은 뒤로 돌아 있어서 내가 무얼 갖고 나갔는
지 보지 못했다고만 하면 돼. 알았지?"

"네……."

주 과장의 자신없어하는 목소리가 들려왔다.

"수사관한테 5분 내로 전화한다고 해."

그는 카폰을 내려놓고 한남대교 중간쯤에서 차를 멈췄
다. 보도 옆 대교 난간을 두 손으로 잡고 한강을 내려다
보았다. 올림픽대로의 희미한 가로등 불빛을 퉁기며 한
강물은 용트림을 하고 있었다. 그는 그 어느 한 곳을 응
시한 채 전화로 수사관에게 할 말을 입속에서 되뇌었다.
잠시 후 그는 정차한 차로 가 카폰을 들어 버튼을 눌렀다.

"저 청천물산의 이진범입니다."

"당신 어디 있어?"

수사관이 고함치는 소리가 들려왔다.

이진범이 잠시 여유를 두었다가 나직이 물었다.

"성함이 어떻게 되시지요?"

"김상열 수사관이야. 왜?"

"김 수사관님, 저희 회사 주 과장은 아무 죄 없습니다. 너무 혹독하게 다루지 마십시오."

"당신이 가지고 간 장부나 빨리 가지고 와."

"주 과장 말에 의하면 그곳 테이블 위에 있던 장부가 어떻게 없어졌는지 보지 못했다고 합니다."

"당신 누굴 놀리는 거야?"

"주 과장한테 한번 물어보십시오. 주 과장은 누가 가지고 갔는지 전혀 본 적이 없다고 합니다. 벽 쪽으로 돌아서 있었으니까요."

"뭐야? 당신 미쳤어?"

"미친 게 아니라 수사관님께 한 목숨 살려달라고 부탁드리고 싶습니다. 생명의 은인으로 알고 평생 잊지 않겠습니다."

"당신 지금 무슨 소리 하는 거야? 즉시 장부를 이곳에 가지고 오지 않으면 너 죽고 나 죽는 거야."

"수사관님께 폐를 끼치지는 않겠습니다. 약속드리지요. 오늘 아침 일찍 수사관님 댁으로 찾아뵙겠습니다."

"당장 이리 와. 당장 안 오면……"

이진범은 전화를 끊고 차의 시동을 걸었다.

한남대교를 건너자마자 큰길에서 우회전하여 그곳에 있는 아파트 단지 내로 들어섰다. 한 아파트 건물 입구 앞에 차를 세운 후 이진범은 카폰을 들고 버튼을 눌렀다.

"백 사장, 나야."

"어떻게 됐어?"

"심리 분실에 있는 장부를 가지고 뛰었어."

"어떻게?"

"얘기하자면 길어. 여하튼 지금 오다가 장부를 다 찢어버렸어."

"잘했어. 지금 어디야?"

"여기 황 이사네 아파트 앞에 와 있어."

"황 이사 만나봤어?"

"만나려고 해."

"황 이사한테 부탁해보고, 또 한 군데 부탁할 데가 있어."

"어딘데?"

"진 사장네 결혼식장에서 인사를 나눈 권혁배 의원 있지?"

자신의 고등학교 동창인 야당 소속 의원 권혁배를 의미한다는 것을 이진범은 알아차렸다.

"그래서?"

"그 친구가 재무위 소속이야."

"……."

"지난번 재무부 국정감사 때 관세청장이 권 의원한테 호되게 당한 적이 있어."

권혁배 의원의 힘을 빌려 관세청장과 선을 놓으라는 것이 백 사장의 아이디어라는 것을 이진범이 직감했다. 그러나 마음이 썩 내키지 않았다.

"야당 소속인데 힘이 있을까?"

"내 정보에 의하면 그렇지 않아. 권 의원이 관세청 약점을 많이 잡고 있어 관세청장이 무시하지 못하게 되어 있대……. 여하튼 권 의원을 만나 도움을 청하는 게 좋을 거야."

"알았어. 황 이사 만나보고 권 의원한테도 연락해볼게. 그리고 백 사장한테 어려운 부탁 하나 해야겠어."

"무슨 일이야?"

"심리 분실 담당 수사관 이름이 김상열인데, 오늘 아침 일찍 김 수사관 집으로 찾아가 부인한테 돈을 전해주면 고맙겠어."

"김 수사관은 집에 있나?"

"지금 심리 분실에 있는데 그 친구 책임하에 있던 장부를 내가 가지고 튄 거야."

"……."

"김 수사관 집은 알 수 있겠지? 내가 가면 잘못하다가
체포될지 몰라서 백 사장에게 부탁하는 거야."

"가는 건 문제가 아니야. 얼마나?"

"수중에 있는 대로."

"500만 원이 있는데."

"그거면 됐어."

"알았어. 아침 일찍 들를게."

"고마워. 다시 전화할게. 연락할 일이 있으면 내 카폰
으로 하고."

"알았어."

정차한 차 안에서 이진범은 카폰 버튼을 다시 눌렀다.

"황 이사님 댁이지요?"

"네, 그런데요."

깊은 잠에서 막 깨어난 듯한 황 이사 부인의 목소리에
는 불안감이 묻어 있었다.

"저는 황 이사님 후배 되는 이진범입니다. 주무시는데

죄송하지만 황 이사님 계시는지요?"

"친구 분 상가(喪家)에 가셨는데요. 새벽에 돌아오겠다고 전화 왔었어요."

"죄송하지만 귀가하시는 대로 저한테 전화 주십사고 전해주십시오. 급하게 의논드릴 일이 있어서요."

이진범은 카폰의 번호를 황무석의 부인에게 알려주고 전화를 끊었다. 황무석이 귀찮아서 귀가 즉시 자기에게 전화를 해주지 않을지도 모른다는 생각이 들었다.

이진범은 차에서 내려 황무석 아파트 입구에 있는 경비실로 가서 창문을 두드렸다. 앉아서 꾸벅꾸벅 졸던 경비원이 깜짝 놀라며 쳐다보았다.

"수고하십니다."

"누구시지요?"

인상 좋아 보이는 경비원이 계면쩍어하며 물었다.

"저는 황무석 씨 후배인데요……."

"네, 무슨 일로……."

"다름이 아니고 방금 황무석 씨 부인하고 통화를 했는데요, 황무석 씨가 새벽녘에 귀가한다고 합니다."

"……."

"황무석 씨 들어오실 때 저한테 전화 한 통화 넣어주십시오."

이진범은 만 원짜리 두 장과 카폰 번호를 적은 쪽지를 경비실 창구 쪽으로 넣으며 해장국이나 드시라는 말을 남겼다.

이진범은 차에 탄 후 앞좌석을 뒤로 젖혀 밀고 비스듬히 누웠다. 그는 2시 10분을 가리키는 손목시계가 6시에 알람이 울리도록 맞춰놓았다. 그러고는 눈을 감았다. 지금부터 황무석이 귀가할 6시까지 눈을 좀 붙여놔야 오늘 하루 동안, 어떤 하루가 될지는 전혀 예상할 수 없지만, 맑은 정신을 간직할 수 있을 것 같았다. 그가 현재까지 살았던 38년 인생의 어느 날도 오늘 하루만큼 중요하지 않았고, 앞으로 살 인생의 어느 하루보다도 오늘이 잊히지 않으리라는 사실이 그의 뼛속으로 파고들어 왔다. 오늘은 그의 인생 최고의 분수령, 이후 내리막으로 치달아 시궁창에 처박히느냐, 아니면 또 다른 더 높은 곳을 향하여 오르느냐 하는 기로에 자신이 놓여 있음을 알았다.

'삐―' 하는 소리에 이진범은 악몽에서 깨어났다. 꿈인지 생시인지 얼떨떨해 차 안을 두리번거렸다. 꿈속에서 그의 목을 조르던 악에 받친 진 사장과 두 손으로 얼굴을 가리고 울고 있는 진미숙의 모습이 눈에 선했다. 다행히 그것은 꿈속에서 있었던 일이고, 차 안에는 아무도 없었다. '삐―' 하는 소리만이 연거푸 차 안에 울려퍼졌다. 그는 안도의 숨을 내쉬며 카폰을 들었다.

"경비실인데요…… 황무석 씨가 방금 귀가하셨는데
요."

자기 전 황무석이 귀가하면 전화해달라고 경비원에게
부탁한 말이 떠올랐다.

"네, 고마워요."

그는 손목시계를 보았다. 새벽 5시 10분. 그는 차 밖으
로 나섰다. 서늘한 새벽 공기를 깊숙이 들이마셨다. 기
분이 상쾌해졌다. 이번 일이 무사히 끝나면 이런 공기를
마음껏 마시며 서울의 새벽 거리를 무작정 걷고만 싶었
다. 그런데 무사히 끝날 수 있을까? 아무래도 자신이 없
었다. 그는 경비실로 가 인터폰으로 황무석 씨 댁을 연
결해달라고 부탁했다.

"경비실입니다. 여기 손님이 오셨는데요……."

경비원의 말이 채 끝나기도 전에 이진범은 인터폰 수
화기를 가로챘다.

"황 선배님, 저 이진범입니다."

"어쩐 일이야? 이 시간에."

"이곳에서 선배님 기다리고 있었습니다. 급하게 의논
드릴 일이 있어서요. 죄송하지만 제가 올라가든지, 잠깐
내려오실 수 있을까요?"

"내가 내려가지. 기다려."

경비실 앞에 서 있는 이진범의 눈은 입구 맞은편에 있는 엘리베이터 문을 응시하고 있었다. 잠시 후 엘리베이터 문이 열리고 와이셔츠 차림의 황무석의 모습이 보였다. 상가에서 밤을 새워서 그런지 피로에 지쳐 보이는 황무석의 두 눈이 취기로 몹시 충혈되어 있었다. 미안한 마음이 뭉클 솟았다.

"무슨 일이야?"

황무석이 그에게 다가와 불쾌한 듯 물었다.

"피곤하실 텐데 죄송해요."

"무슨 일인데?"

"차로 가시지요."

이진범은 황무석을 운전석 옆 좌석에 앉게 한 후 차 뒤로 돌아 운전석 쪽 문을 열고 자리에 앉았다.

"저희 회사에 문제가 생겼어요."

"무슨 문젠데?"

황무석이 놀라는 표정을 지었다. 이진범은 그때까지 일어난 일을 간단히 설명해주었다. 그러나 장부가 압수되었다든지, 장부를 탈취해 찢어버렸다는 얘기는 하지 않았다. 선뜻 도와주려고 나서지 않을지도 모른다는 우려 때문이었다.

"황 선배님께서 관세청에 아시는 분이 있나 해서요. 아니면 재무부나⋯⋯."

진 사장을 통해 재무부 장관에게 부탁하려는 것이 이진범의 본래 의도였으나 일단 황 이사가 도울 수 있는지 알고 싶었다.

"글쎄⋯⋯."

황무석은 아직도 술기운에서 깨어나지 못한 채 혓바닥이 굳어 있었다.

"어제 결혼식 때 재무부 장관이 온 걸로 보아 진 사장님이 재무부 장관하고 꽤 가까운 사이신 것 같은데⋯⋯."

이진범이 말끝을 흐렸다.

"글쎄⋯⋯ 재무부 장관이 진 사장 말을 들을까 하는 것도 문제고⋯⋯ 진 사장이 이런 일에 선뜻 나서려고 할지도 모르겠고⋯⋯."

"선배님이 그래도 진 사장님께 한번 부탁해보시면 어떨까 해서요."

이진범은 잘못을 저지른 어린 동생이 큰형에게 용서를 구하듯 애원했다.

"아무리 그래도 심리 분실에서 구체적인 증거를 확보했으니 재무부 장관 말도 먹히지 않을걸⋯⋯."

이진범은 깜짝 놀랐다. 황무석의 입에서 나온 심리 분실이라는 말과 구체적인 증거의 확보란 말이 선뜻 이해가 되지 않아서였다. 이진범 자신이 관세청을 언급했으니 황무석이 그러한 사실을 유추해낼 가능성이 없는 건 아니었다. 하지만 심리 분실을 언급한 것도 예삿일이 아니거니와 무엇보다 증거 확보에 관해선 아직 한 마디 말도 안 꺼냈는데 구체적인 증거 확보를 기정사실화한 황무석이 이해되지 않았다.

"물론 구체적인 증거를 확보했는지 안 했는지는 모르는 일이지만 말이야."

이진범의 의아한 눈길을 눈치챘는지 황무석이 얼른 말을 둘러대었다.

"심리 분실에서 증거를 확보했어요."

이진범이 순간적으로 품었던 의심을 떨쳐버리고 사실대로 알려주었다.

"무슨 증건데?"

"수출용 원자재 입출장부를 가지고 갔어요."

"그걸 왜 내줬어?"

"저 없는 사이 수사관이 협조 안 하면 세무사찰을 하게 한다고 협박을 하는 바람에 최 이사가 겁이 나 건네준 모양이에요."

"그럼 큰일인데…….."

황무석이 걱정스러워하는 표정을 짓자 이진범은 초조해졌다.

"무슨 방법이 없을까요?"

"내가 생각해볼게. 여하튼 지금 시간에는 연락할 수도 없고, 아침 9시경에 통화하도록 하지. 나오지 말고 그냥 가."

황무석이 차 문을 열면서 말했다.

"성가시게 해서 죄송해요, 선배님. 선배님 은혜는 결코 잊지 않겠어요."

차 문을 열고 나가는 황무석의 등에 대고 이진범이 말했다. 그는 시계를 보았다. 6시 30분. 그는 아파트 단지를 빠져나오면서 아침 8시에 백 사장 회사 앞으로 와 있으라고 기사에게 전화했다. 백 사장 회사로 가 백 사장이 수사관 집에 갔던 결과도 알고 차후 대책에 관해 의논도 할 예정이었다.

한남대교에 들어서면서 도로 좌우에 펼쳐 있는 한강

위로 시선을 보냈다. 포근한 아침 햇살을 받아들이는 강물이 보였다. 문득 이상한 느낌이 들었다. 꿈틀거리는 어떤 음모, 더럽고 잔인한 음모의 실체가 넘실대는 강물 위로 아물아물 보일 듯 말 듯했다. 그 순간 이진범은 황무석이 한 말을 되새기고 있었다. '아무리 그래도 심리 분실에서 구체적인 증거를 확보했으니…….' 황무석이 취중에 실언했다기보다 술에 취했기 때문에 사실을 얘기했을 가능성에 무게가 더 실리기 시작했다. 어떤 음모일까? 무슨 이유에서일까?

'삐―' 하고 카폰벨이 울렸다.

"여보세요."

"이 사장, 나야."

백인홍의 목소리가 들려왔다.

"백 사장, 어떻게 됐어?"

"방금 김상열 수사관 집에서 나오는 길이야. 부인을 만나서 별 얘기 하지 않고 그냥 전해줬어."

"내 얘기는 어떻게 하고?"

"얘기 안 해도 누군지 알 거야. 부인한테 어제 사건 때문이라고만 했어."

"백 사장, 지금 어디야?"

"지금 을지로 5가쯤에 있어."

"그럼 지금 장충동 타워 호텔에서 만날 수 있을까? 나는 한남대교를 막 지났어."

"좋아, 그리 가지."

이진범은 카폰을 내려놓았다.

잠시 후 이진범은 타워 호텔 커피숍에 들어섰다. 구석 테이블에 앉아 있는 백인홍의 모습이 보였다.

"수고해줘서 고마워. 너무 염치가 없어서……."

이진범이 자리에 앉으면서 말했다.

"그런 소리 하지 마. 이럴 때 서로 도와야지. 과부 마음 과부가 안다고 말이야. 안 그래?"

백인홍이 농지거리로 그를 위로했다.

"머리를 좀 정리해야겠는데 백 사장의 도움이 필요해."

"무슨 일이야?"

"지금 황 이사를 만나고 오는 길인데 말이야."

"얘기가 잘됐어? 진 사장에게 부탁해보겠대?"

"그건 모르겠고 이상한 말을 했어. 내가 관세청하고 문제가 있다고만 했는데 황 이사가 뭐랬는지 알아? 재무부 장관 말도 먹히지 않을 거라며 심리 분실에서 구체적인 증거를 확보했다는 말을 했어."

"뭐……?"

"이상하잖아? 황 이사가 심리 분실을 언급한 데다가 그것보다 구체적인 증거, 즉 장부를 심리 분실에서 확보했다는 걸 어떻게 알았지?"

"글쎄…… 우연이 아닐까? 관세청이라 하니 심리 분실이 떠올랐을지 모르고, 이 사장이 새벽에 급히 찾아온 것으로 보아 구체적인 증거를 확보했다고 단정할 수도 있거든……. 아마 그랬을 거야."

"그랬을까?"

테이블로 다가온 웨이트리스에게 커피 두 잔을 시키고 백인홍이 다시 말했다.

"이 사장이 신경과민이라 그럴 거야. 황 이사 그 새끼 나한테 주던 하청 일 빼돌려 자기 이익과 관련된 회사에 주려는 수작을 하고 있는 줄은 알지만 말이야. 이 사장 회사를 망치려고 할 이유는 없잖아. 그 친구도 수시로 이 사장 회사 돈 빨아먹었으니 이 사장이 걸리면 저도 곤란할 테니깐 말이야."

"하기야 백 사장 말이 일리가 있군."

"권혁배 의원에게 연락해봤어?"

백인홍이 이진범에게 물었다.

"이제 하려고 해. 너무 일찍 전화 걸면 실례가 될 것 같아서……."

"그런 친구들, 새벽부터 설쳐대니까 빨리 전화해봐."

"잠깐 기다려. 지금 전화해볼게."

이진범이 일어나 공중전화 부스로 갔다.

백인홍은 잠시 생각에 잠겼다. 이진범이 공연히 엉뚱한 데 신경을 쓸까봐 황 이사 건에 대해서는 얼렁뚱땅 넘겼으나 아무래도 마음에 걸렸다. 딱 꼬집어 말할 수는 없으나 뭔지 모르게 이진범의 말대로 황 이사의 행동에 미심쩍은 데가 있었다. 심리 분실에서 이 사장 회사의 내부 사정에 대해 사전에 정확한 정보를 가지고 온 것으로 보아 누군가 심리 분실에 제보한 게 분명하고, 황 이사가 어젯저녁에 일어난 일, 즉 장부 압수 상황을 이미 알고 있는 것으로 봐 제보자가 황 이사 자신이든지 황 이사의 사주를 받은 제3자일 수도 있을 것 같았다. 그렇다면 황 이사의 동기가 무엇이든 황 이사를 통해 진 사장의 도움을 기대하기란 이미 그른 일이었다. 도대체 알 수 없는 일이다. 황 이사가 이 사장에게 무슨 원한이 있기에……. 이진범이 테이블로 다가오는 것을 본 백인홍은 그가 자신의 걱정을 눈치챌까봐 일부러 미소 지어 보였다.

"어떻게 됐어?"

"9시 15분까지 의원회관으로 오래."

"반응이 어땠어?"

"관세청장이 자기 말이라면 괄시 못할 테니까 걱정 말라고 큰소리를 치더군…… 원래 허풍을 잘 떠는 친구라……."

"그럼 됐어. 잘될 거야."

"정치하는 놈들, 공연히 큰소리만 치는 거 백 사장도 알잖아."

"여하튼 국회 재무위에서 권 의원이 워낙 강하게 나왔으니까 관세청장도 괄시는 못할 거야. 정치자금이나 듬뿍 준다고 해."

이진범의 얼굴이 다시 어두워졌다.

"백 사장, 권 의원한테 장부 가지고 도망친 거 얘기하는 게 좋을까?"

"아니야. 얘기하지 마. 나중에 얘기하더라도 관세청장에게 부탁할 때는 모르는 게 좋아. 중소기업에서 그렇게라도 해서 비자금 마련하는 건 세상이 다 아는데 뭘 그래."

"알았어. 백 사장 말대로 하지."

"지금 호텔 사우나에 가서 한숨 자. 오늘 하루 종일 정신 바짝 차려야 하니까 말이야."

"알겠어. 그렇게 하지. 기사한테 백 사장 회사 앞에서

8시까지 기다리라고 했으니까 이곳으로 보내줘."

"그래, 그럼 잘 쉬어. 다시 연락할게. 너무 걱정 말고."

두 사람은 일어나 로비에서 악수를 나누고 헤어졌다.


호텔 사우나에서 비지땀을 흘리던 이진범은 벽시계에 시선을 주었다. 사우나에 들어온 지 벌써 15분, 고열의 증기로 숨이 막혀오고 온몸의 수분이 전부 피부 밖으로 빠져나오는 듯한 고통 속에서도, 그것은 지난밤 사건이 터진 이후 그가 처음으로 맛보는 달콤한 해방감과 같은 것이었다. 숨이 막혀와 헉헉거리는 동안은 앞으로 그에게 찾아올 미래에 대해 생각해볼 여유가 없었기 때문이었다.

그는 '인생은 과감한 모험이든지, 그렇지 않으면 아무것도 아니다'라는 말을 떠올리며 자신의 처지를 위안해보려 했으나 별로 도움이 되지 못했다. 그는 다시 '인생의 모든 희로애락은 시간과 함께 흘러가게 마련이다'라는 말을 떠올렸다. 그러나 아무리 생각해도 이번 일은 흘러가는 것이 아니라 목숨이 다할 때까지 그와 함께 머물러 있을 것 같았다.

그는 벌떡 몸을 일으켰다. 사우나 문을 밀치고 나와

첨벙 하고 냉탕에 몸을 던졌다. 온몸이 조여드는 짜릿함이 뼛속 깊이 스며드는 순간, 그는 삶을 향한 뼈저린 애착을 느꼈다. 평범한 삶, 겸손한 삶, 늙어가는 삶, 그리고 운명이 시키는 대로 좇아가는 순리의 삶을 향한.

# 11. 선택된 사람들 : 권혁배/이진범

- 악화된 사태로 인해 도망자 신세로 전락.
- 정치인은 친구의 청탁을 들어주면서 기분 좋아하는 사람들이고, 관료는 친구의 부탁을 거절하면서 쾌감을 느끼는 사람들이다. 그런 의미에서 정치인들이 더 인간적이라 할 수 있다.
- 기업인들은 고급관료 앞에서 주눅이 들게 되어 있다. 그것을 피하는 한 가지 방법은 눈으로 관료들의 옷을 벗겨 불알 두 쪽만 달랑 달고 소파에 앉아 있는 모습을 상상해보는 것이다.

　　이진범이 타워 호텔 사우나에서 곯아떨어져 있을 때 권혁배 의원은 가든 호텔 앞에 대기하고 있던 차에 막 올라탔다. 권혁배는 차 뒷좌석에 몸을 묻은 후 분을 삭이지 못해 씩씩댔다. 그런 그의 모습은 단순히 초선 의원으로서의 열정 때문에, 38세의 젊은 나이에서 비롯된 혈기왕성함 때문에, 또는 재야 운동권 출신의 야당 의원이 흔히 가질 수 있는 정직함 때문에만은 아닌 것 같았다. 조금 전 조찬회를 겸한 동료 의원들과의 회동에서 대하실업의 공장 신축지가 여당 의원의 지역구 쪽으로 결정되었다는 말을 전해들었기 때문이었다.

"지금 의원회관으로 가시는 거지요?"

권혁배는 기사의 물음에 아무 대답도 않고 눈을 감았다. 잠시 후 그는 자세를 고쳐 앉으며 기사에게 지시했다.

"대하실업 진성구 사장 집으로 전화해 연결해줘."

기사는 진 사장 집 전화번호를 알아내기 위해 여기저기 전화하기에 바빴고, 권혁배는 끓어오르는 분노를 억누르는 데 급급했다. 어떻게 내가 이런 실수를 저지를 수 있나? S대 최고경영자 코스 동문으로 재벌 회사의 후계자인 동갑내기 진성구 사장의 말을 철석같이 믿은 게 잘못이었다. 그래도 유복한 집안에서 자라났고 귀공자 타입으로 호감을 주는 성품을 믿어 '오른손이 하는 짓을 왼손은 몰라야 한다'는 사고방식의 정치인들보다는 나으리라고 판단했는데 그게 아니었다.

야당 의원들이 대하실업을 물고 늘어지지 못하도록 당 간부들의 곱지 않은 눈초리를 받으면서도 대하실업의 뒤치다꺼리를 혼자서 맡아 해준 것은, 진 사장이 대하실업의 신축 공장을 자신의 선거구에 건설하겠다고 단단히 약속했기 때문이었다. 그런데 이제 와서 공장 신축지를 여당 의원의 지역구로 옮기기로 했다니, 믿는 도끼에 발등 찍힌 격이었다. 그러한 소식도 진 사장에게서 직접 들은 것이 아니고 조찬회에 참석한 동료 의원에게서 들었으니 자신의 체면이 엉망이 된 셈이었다.

명색이 학생 운동권 리더였던 내가, 명색이 재야 운동권 출신인 내가, 명색이 차세대 유망 정치인인 내가 서푼짜리 재벌 2세한테 당하다니! 권혁배는 '음' 하는 신음 소리를 꿀꺽 삼키며 몸을 뒤척였다. 아무래도 그냥 넘어갈 일이 아니라고 권혁배는 다짐했다.

"진 사장님 나왔습니다."

기사가 카폰을 뒤로 전하며 말했다.

"진 사장, 나 권혁배 의원이오. 어제 결혼식에서 보니 진 사장이 아주 좋은 제수씨를 얻은 것 같습디다."

권혁배가 내색을 비치지 않고 웃음기 섞인 소리로 말했다. 아침 일찍 집으로 전화를 거는 이유치고는 너무나 보잘것없다고 생각할지 모르나 전화의 용건이 무엇인지 진성구 사장 자신이 깨닫기를 바랐다.

"권 의원께서 바쁘신 중에 와주셔서 집안의 큰 영광이었습니다."

"뭘요. 나야 진씨 집안 머슴 아니오. 허허허."

"무슨 말씀을⋯⋯."

권혁배는 의도적으로 잠시 침묵을 지켰다. 잠시 동안의 침묵이지만, 그 어색한 침묵이 의미하는 바가 진성구 사장의 머릿속에 깊숙이 박히기를 권혁배는 바랐다.

"진 사장, 오늘 아침에 내 사무실에 들르면 차나 한잔 대접하고 싶은데요."

권혁배가 불쑥 말했다.

"10시 30분부터 회의가 있어서…… 오후면 안 될까요?"

"그러면 회의에 참석하기 전 내 사무실에서 만나기로 합시다. 내가 지금 의원회관으로 가니까 거기서 기다리지요."

"그러지요. 지금 떠나겠습니다. 가는 길에 부친 잠깐 뵙고 그리로 가겠습니다."

"기다리겠습니다."

권혁배는 수화기를 내동댕이치듯 내려놓으며 좌석에 깊숙이 몸을 묻었다. 눈을 감은 권혁배의 머릿속에는 지난 3일 동안 일어났던 일이 재생되고 있었다.

월요일에는 이른 새벽부터 여섯 군데의 상갓집과 결혼식에 참석했다. 두 군데 상가에서는 실제로 눈물을 뿌려주었고, 한 군데 결혼식에서는 38세의 나이에 주례를 섰다. 화요일에는 새벽에 당 고위층 집에 호출돼 당 운영에 비협조적이라고 꾸지람을 들은 후, 낮에는 골프회동이 끝난 후 건네주는 봉투가 탐이 나 재무부 장관이 초청한 재무위원들의 골프 모임에 참석했다. 저녁에는 지역구에서 올라온 지역구민과 어울려 상대방이 권하는 대로 할 수 없이 마신 맥주로 뱃속을 엉망으로 만들었다. 수요일에는 네 군데 상가와 진규식 회장 댁 결혼식을 포함해 세 군데 결혼식에 참석했으며, 그 사이에 재야인사의 출감을 맞이하러 구치소에 갔고, 저녁에는 운동권 학생들의 모임에 참석해 쓴 소주잔을 마지못해 기울였었다.

무엇 하나 돈이 들어가지 않는 게 없었다. 거기다가 지구당 운영비로 아무리 짜게 놀아도 욕을 먹지 않으려면 한 달에 천만 원은 보내야 하니, 천만 원이 될까 말까한 세비로는 서울에서 드는 활동비를 충당하기에도 급급한 지경이었다.

하기야 정치라는 게 하나부터 열까지 돈놀음이라는 것을 모르진 않았다. 하지만 당 지도부의 정책이라는 게 이러한 현상을 개선할 생각은 하지 않고 의원 각자가 알아서 기업인을 뜯어먹고 살라는 것이었다. 따라서 의원들은 당선되자마자 공갈범 내지 따리꾼으로 전락하게 되어 있고, 거기다가 당 지도부가 한술 더 떠 신세 진 재벌들을 좀 봐주기라도 하면 호되게 다루지 않는다고 또 타박이었다.

그렇다고 먹지도 않고 봐주지도 않으며 깨끗한 척 운

신하면 무능하다거나 당 운영비 조달에 비협조적이라고 당 수뇌부에 수시로 불려가 지청구를 들어야 하니 미치고 환장할 지경이었다.

그래도 자신은 운동권 학생 리더 출신, 재야 운동권 인사, 참신한 차세대 지도자로서 양심적인 지식인들의 기대를 한몸에 받고 있는 터였다. 그래서 다른 때 묻은 의원들처럼 면상에 철판을 깔 수 없어 여러 궁리 끝에 진성구 사장을 통해 대하실업의 신축 공장을 지역구에 유치하여 의원 생활에 큰 오점을 남기지 않으려고 했었다. 그런데 그것마저 틀어져버렸으니 권혁배 의원의 심사가 뒤틀린 것은 어쩌면 너무나 당연한 일이었다. 완전히 보장된 것은 아니지만, 그래도 대하실업의 신축 공장이 들어서면 영향력 있는 지역구민의 자녀들을 취직시켜주고 노조의 협조를 빌미로 지구당 운영비 보조를 받으면 다른 곳에 지저분하게 손벌릴 필요도 없이 누이 좋고 매부 좋은 격이 되리라 믿었는데, 이제는 허망한 꿈이 되어버린 셈이었다.

'삐—' 하고 카폰벨이 울렸다. 권혁배는 사념에서 빠져나와 수화기를 들었다.

"여보세요."

"권 의원님이 직접 받으셨군요. 죄송합니다. T시 지역

218

구 사무장입니다. 위원장님 전화입니다."

잠시 후 위원장의 목소리가 들려왔다.

"형님, 접니다."

"수고가 많지? 힘든 싸움 하느라고."

"형님, 실탄 좀 보내주십시오. 실탄 없인 싸울 수가 없습니다."

T시의 보선에 출마한 권혁배의 대학교 2년 후배인 운동권 출신 정인화 위원장이 밑도 끝도 없이 채근을 해댔다.

"임마, 내가 무슨 실탄이 있어? 있는 것 없는 것 다 모아 보낸 지가 사흘도 안 됐잖아?"

권혁배가 당 공천 경합 때부터 정인화를 성심성의껏 밀어준 이유는 원내에 자신의 추종자를 확보하려는 것뿐만이 아니었다. 권력자의 사촌동생인 우병선이 여당 상대이므로 운동권 출신 젊은 정치인 그룹의 힘을 과시해보자는 것이 중요한 이유였다.

"형님, 제 처가 집문서를 형님한테 가져갈 터이니 오늘 중으로 어디다 문서 맡기고 단 몇 천이라도 좋으니 융통해주십시오."

전파를 타고 들려오는 정인화의 목소리는 애원에 가까웠다.

"너 임마, 집 날리고 병신 되는 거 아니야?"

권혁배가 카폰의 수화기에 대고 말했다.

"그렇지 않습니다. 지금 상황은 백중입니다. 며칠 후부터 대학생 후배들이 떼로 내려와 지역구를 흔들어놓게 되어 있습니다."

"임마, 알았어. 전화 끊어. 카폰이라 도청되는 거 몰라?"

권혁배는 대답도 기다리지 않고 '꽝' 하고 수화기를 내려놓았다. 예민한 선거전략 정보를, 도청될 수도 있는 카폰을 통해 무턱대고 지껄이는 이런 돌대가리들하고 정치를 하자니 권혁배는 한심한 생각이 들었다. 하기야 이른바 프로 정치인들도 이 점에서 별로 나은 것이 없으니, 멋모르고 혈기만 왕성한 정치 초년생을 탓할 수만은 없었다.

야당이 정권을 잡으려면 숫자적으로 압도적인 노동자들을 등에 업어야 하는데, 자칭 프로 정치인이란 자들이 자기만 마르고 닳도록 국회의원 해먹자고 선거구민 구미에 맞는 말만 지껄이고 행동하고 있으니, 노동자들이 야당 편이 되기는커녕 멀어져만 갔다.

그들은 지역감정과 계층 간의 갈등은 완전히 상호 배타적인 함수 관계를 가지고 있음을 깨닫지 못했거나, 아니면 알고 있으면서도 자신의 국회의원 신분 유지에 급급하여 당 차원의 집권 가능성에는 아예 등을 돌리고 있는 것 같았다.

어리석은 것은 국회의원들뿐만이 아니었다. 재야 운동권 사람들도 마찬가지였다. 지식인이란 작자들이 툭하면 학생들을 동원해 조직력을 과시하려 들거나 아니면 노학(勞學) 연대니 뭐니 떠들며 기득권의 신경만 건드리고 있었다. 괜히 쓸데없이 찔끔찔끔 학생들을 동원해 보수세력의 자기방어 논리에 빌미를 제공해주었고, 또 근본적으로 노동자는 학생에게 밀려 학교에 못 가고 직장을 찾아 노동자가 된 판인데 그들 사이의 노학 연대란 사실상 몽상에 지나지 않았다.

권혁배는 차 뒷좌석에서 자리를 고쳐 앉으며 속으로 중얼거렸다. 제대로 하려면 조용히 있다가 사회 전체가 썩을 대로 썩게 내버려둔 후 한꺼번에 노동자와 학생들을 동원해 총력을 기울여 밀어붙여야 하는데…… 그래야 총칼 가진 군인들을 정치권에서 몰아내지 그렇지 않고는 순순히 물러날 리도 없고…… 한데 이른바 양심적인 재야인사들 중에는 어벌쩡하는 사이 통일 지상주의를 부르짖으며 벌겋게 뒤집어보자는 꿍꿍이속을 가지고 있는 자들이 수두룩하니 마음 놓을 수도 없고…… 멍텅구리 자식들, 저희들 마음대로 되도록 군인들이 가만히 있을 것 같아?

"의원님, 의원회관에 도착했는데요."

기사의 말에 권혁배는 깊은 생각에서 깨어났다.

"저, 차 휘발유를…… 넣어야 하는데요."

기사가 어물어물 말했다.

"넣고 와."

"휘발유 값이 있어야……."

"외상으로 하면 되잖아."

권혁배가 소리를 꽥 질렀다.

"지난달에 외상값을 갚지 못해 외상을 못 주겠다고 합니다."

권혁배는 속주머니에서 만 원짜리 두 장을 앞좌석으로 던지며 차에서 내렸다.

이진범이 탄 차가 막 여의도 광장에 들어섰다. 두어 시간의 수면이 그에게 새로운 활력을 불어넣어준 듯, 차 속에서 카폰으로 회사 일을 끊임없이 지시하고 있었다. 이진범은 영어의 몸이 될지도 모르는 사람이라고는 도저히 상상할 수 없을 정도로 자신감에 차 있었다. 그에게 그런

222

자신감을 준 장본인인 권혁배 의원을 만나러 가는 길이었다.

권혁배 의원 사무실에 들어서며 그는 멈칫했다. 시장 터에 온 듯 가득 들어찬 사람들의 시선이 모두 그에게 쏠렸다. 그는 남자 비서에게로 가 명함을 건네준 후 사전 약속이 되어 있다고 말했다. 비서가 가리키는 의자에 앉아 10분이 지났으나 비서는 지역구민인 듯한 방문객들의 권 의원 면담 요청을 조정하는 데 정신이 쏠려 있어 그의 명함을 권혁배에게 전할 엄두도 못 내는 것 같았다. 이진범은 자리에서 일어나 비서 앞에 섰다.

"급한 용무이니 인터폰으로라도 연락해보실 수 없습니까?"

"지금 중요한 말씀을 하고 계셔서요…… 잠깐만 계시면……."

비서의 말에 이진범은 다시 자리에 가 앉아 기다렸다.

4분 정도 지난 후 권혁배 의원실 문이 열렸다. 놀랍게도 진성구 사장이 나왔다. 두 사람의 눈이 마주치는 순간 진성구 사장이 움찔하는 것 같았다.

"안녕하십니까? 어쩐 일로……."

이진범이 진성구에게 목례를 하며 인사말을 건넸다.

"결혼식에 와서 축하해준 의원들에게 고맙다는 인사를

하느라고요……. 그럼 다시 뵙겠습니다."

진성구가 서둘러 출구로 향했다.

'이 사장님, 들어가시지요'라는 비서의 말에 이진범은 권혁배 의원 사무실로 들어갔다.

"어, 이 사장. 들어와."

소파에 앉아 있던 권혁배가 자리에서 일어나며 옆자리를 가리켰다.

"지금 밖에서 진 사장 만났는데 권 의원과 가까운 사이인 모양이지?"

이진범이 자리에 앉으며 말했다.

"무슨 소리. 저 새끼, 나를 핫바지로 아는지 야당 국회의원이라고 괄시하는데……. 이 사장, 저 친구 어떤 친구야?"

"전에 다니던 회사의 사장이었고, 이제는 하청 일 대주는 회사의 사장이지. 왜, 섭섭한 일이라도 있어?"

"저 새끼 내 지역구에 공장을 짓겠다고 해서 앞뒤 안 보고 밀어줬는데, 지금 와서 오리발을 내민단 말이야."

"앞으로 하겠지 뭐."

"지역구민들한테 대하실업 공장 유치하기로 돼 있다고 큰소리 쳐놓았는데 저 새끼가 사람 병신 만들었어. 여당 소속 국회의원 지역구로 돌렸단 말이야. 이따위 돈 몇 푼 갖다주고 얼버무리려고 하는데 저 새끼 도대체 나를 진짜 핫바지로 아는 거야, 뭐야?"

권혁배가 탁자 위에 놓인 흰 봉투를 집었다 팽개치면서 지껄였다.

"너무 흥분하지 마. 다시 잘 부탁해봐."

"흥분 안 하게 됐어? 저 새끼 혼 좀 내줘야 되겠는데, 이 사장, 저 새끼 회사 약점 좀 알아봐줘."

"......"

"회사 망치지는 않을 테니까 걱정 마. 겁을 줘서 저 새끼 마음을 바꾸게 하려는 거야."

"알았어. 알아볼게."

"꼭 부탁해."

이진범은 자리를 고쳐 앉으며 마른침을 꿀꺽 삼켰다.

"그건 그렇고, 전화로 간단히 설명한 대로 지금 내 일이 급하게 됐어."

"그래, 무슨 일이야? 다시 자세히 설명해봐."

"회사에서 수출용 원자재를 조금 내다 팔았다고 관세청에서 야단이야."

"죄가 큰가?"

"법대로 하면야 크다고 할 수 있지. 하지만 수출회사마다 바이어 접대용 비자금을 마련하려면 어느 회사나

다 하는 거야."

"개새끼들. 큰 놈들은 손도 못 대고 중소기업인만 못 살게 구니……."

"어떻게 한번 발벗고 나서서 도와줘. 내 평생 은혜를 잊지 않을게."

"관세청장이면 통할까?"

"그 정도면 문제없을 거야. 관세청장이랑 잘 아는 사이라면서?"

"그 친구 지난번 재무위에서 나한테 혼 좀 났지. 같은 지방 출신이라 내가 많이 봐줬어."

"한번 부탁할 수 없을까?"

"해보지. 동창 좋다는 게 뭐야. 그래야 나도 친구 도움 받을 수 있을 테고. 그렇잖아?"

권혁배 의원은 정치판 물을 먹어서 그런지, 장사하는 사람들과 달리 시원시원한 데가 있었다. 이진범은 적이 마음이 놓였다.

"고마워."

권혁배가 수화기를 들었다.

"관세청장실에 전화해 연결 좀 해줘."

이진범은 권혁배에게 한없는 고마움을 느꼈다. 고등학교 시절에는 꺼덕거리며 서 푼짜리 깡패 흉내나 내던 친구가 사십이 채 안 된 나이에 금배지를 달았으니 사람 팔자는 모르는 일이라는 생각이 들었다.

청장이 전화를 직접 받았다는 비서의 목소리가 인터폰을 통해 들려오자 권혁배는 수화기를 들었다.

"청장님, 저 권혁배 의원입니다. 지금 요긴한 일로 청장님을 찾아뵈려고요. 시간 좀 내주십시오……. 지금 곧 떠나겠습니다."

전화를 끊은 권혁배는 '이 사장, 나가지'라고 말하며 자리에서 일어났다. 비서실로 나온 권혁배는 그곳에 있는 사람들에게 일일이 악수를 건네며, 급한 일로 당 총재가 불러서 가니 곧 돌아오겠다는 말로 둘러댔다.

관세청으로 가는 동안 권혁배는 차 속에서 동창들, 특히 공부깨나 한답시고 난 체하던 동창생들의 근황을 이진범에게 물어왔고, 이진범은 별것 아닌 위치에서 생활고에 허덕이는 그들의 근황에 대해 얘기해주었다.


얼마 후 이진범은 혼자서 관세청장 부속실 소파에 앉아 있었다. 신문을 뒤적이고 있는 이진범은 몹시 초조한 기색이었다. 권혁배가 관세청장실에 들어간 지 벌써 10분 이상 지났으나 아무런 연락이 없으니 초조해질 수밖에 없었다. 청장실에서 둘 사이에 무슨 얘기가 오가는지 모르겠으나 일이 쉽게 풀리지 않고 있다는 느낌을 떨쳐 버릴 수 없었다.

드디어 권혁배가 청장실 문을 열고 나왔다. 의기양양 한 그의 표정을 본 이진범은 적이 마음이 놓였다.

"같이 청장님 만나뵙고 사정을 설명해보자고."

권혁배가 미소를 띠며 말했다.

이진범은 권혁배를 따라 청장실에 들어섰다. 태극기 와 대통령 사진 아래쪽에 놓인 책상 앞으로 길게 소파가 두 줄로 나란히 놓여 있었다. 중앙에 있는 소파에 앉아 있는, 작은 체구에 50대 후반으로 보이는 신형철 청장의 모습이 눈에 띄었다. 안경 너머로 번득이는 청장의 날카 로운 두 눈이 섬뜩했다.

권혁배를 주춤주춤 뒤따르던 이진범이 방 중간쯤에 서 서 청장에게 허리 굽혀 어정쩡한 자세로 인사를 했다.

"청천물산의 이진범 사장이지요?"

청장의 눈초리가 섬뜩함을 넘어서 등골이 오싹할 정도 로 매서웠다.

"네, 제가 이진범입니다."

"여기 앉으시오."

권혁배의 옆자리를 가리키는 청장의 눈초리가 마치 눈과 눈 사이에 질긴 줄이라도 연결해놓은 듯이 한순간도 이진범의 눈을 놓아주지 않았다. 젊은 시절 공안 담당 민완 검사로서 명성을 떨친 청장의 위세에 완전히 압도당해 이진범은 고양이 앞에 옴짝달싹 못하는 쥐새끼가 된 꼴이었다.

"권 의원 얘기로는 수출하는 데 애로가 많다면서요?"

말은 그렇게 하면서도 청장의 목소리에는 비수가 번득이는 듯했다.

"네, 뭐 그저……."

"청장님, 이 사장은 건실한 중소기업인입니다. 청장님도 아시다시피 우리나라에서 어디 비자금 없이 사업할 수 있습니까?"

청장의 위세에 질려 어물어물하는 이진범을 돕기 위해 권혁배가 나섰다.

"그런 점도 있지요. 사회 질서가 워낙 안 잡혀……."

청장이 권혁배의 말을 받았다. 이진범은 다소 안정을 되찾았다. 솔직히 털어놓으면 청장이 도와줄 사람처럼 느껴졌다. 권혁배가 그것 보라는 듯이 이진범에게 의미 있는 시선을 보내며 다시 말문을 열었다.

"청장님, 대기업 하는 놈들은 별의별 짓 다 하는데 그런 놈들은 가만두고 약한 중소기업인만 족치면 되겠습니까? 관세청 직원들도 문제가 있습니다. 보상금 제도 때문에 업자들을 닦아대는 거 아닙니까?"

권혁배가 의기양양해 말했다. 순간 청장의 표정이 굳어졌다. 이진범은 권혁배의 마지막 말, 관세청 직원들도 보상금 때문에 업자들을 닦아댄다는 말이 중대한 실언이었다는 것을 간파했다. 청장이 등허리 받침에 기대며 눈을 감았다. 잠시 후 청장이 눈을 뜸과 동시에 수화기를 잡았다.

"심의국장 있나? ……좀 들어오라고 해."

비서에게 말한 후 청장이 다시 그전 자세로 돌아가 눈을 감았다. 권혁배는 고개를 푹 숙이고 있는 이진범과 눈을 감고 있는 청장에게 번갈아 시선을 옮기며 난감한 표정을 지었다.

청장실 문이 열리고 심의국장이 들어오자 청장이 눈을 떴다.

"김 국장, 인사드리지. 권혁배 의원이야. 이쪽은 청천물산의 이진범 사장이고……."

40대 중반으로 보이는 김 국장이 권혁배에게 정중하

230

게 인사했다.

김 국장은 권혁배와 마주 보는 자리에 앉았다.

"김 국장, 서울세관 분실에서 청천물산 건에 대해 보고받았소?"

청장이 물었다.

"네, 받았습니다."

"어떻게 된 거요?"

"분실장의 보고에 의하면 이 사장이 증거물인 장부를 심리 분실 취조실에서 탈취해갔다고 합니다."

"뭐요?"

권혁배가 깜짝 놀라 벌린 입을 다물지 못했다.

"그리고 담당 수사관 집에 오늘 아침 누군가 찾아와 현금뭉치를 두고 갔답니다."

순간 이진범의 심장이 굳어지는 것 같았다.

"이 사장!"

청장이 꼿꼿이 등을 세우고 앉으며 나직이 이진범을 불렀다.

"네……."

"한 번만 묻겠소. 딱 한 번만이오. 거짓말을 하면 용서하지 않겠소."

청장의 칼날 같은 시선이 이진범의 눈에 머물렀다.

"준비됐소? ……그럼 묻겠소. 증거물을 탈취해갔소, 안 해갔소?"

"……."

순간이었지만 그것은 이진범에게는 영원과도 같았다.

"탈취해갔소, 안 해갔소?"

청장이 다그쳤고 권혁배는 어리둥절해 있었다.

"가지고 갔습니다."

이진범이 고개를 숙이며 나직이 토해냈다.

청장이 등받이에 '털썩' 하고 기대었고, 권혁배는 입을 딱 벌렸다.

"잠깐…… 잠깐만요……."

권혁배가 반쯤 일어서며 어물어물 말끝을 맺지 못했다. 곧이어 무표정한 청장과 엷은 미소를 띠고 있는 국장에게 권혁배가 애원하듯 말했다.

"잠깐 저와 이 사장이 얘기할 기회를 주시겠습니까?"

청장이 고개를 끄덕끄덕했다. 권혁배를 따라 이진범은 고개를 숙인 채 복도로 나왔다.

"너 정신 있어? 죽으려고 환장했어? 왜 증거물을 탈취해갔다고 인정했어?"

복도에 나서자 권혁배가 뒤따라온 이진범에게 돌아서며 말했다. 이진범은 고개를 푹 숙이고만 있었다.

"큰일 났어. 이젠 방법이 없어."

권혁배가 몇 걸음 왔다 갔다 하더니 이진범의 손을 덥석 잡았다.

"이젠 별수 없어. 잡히기 전에 지금 바로 무조건 튀어!"

"권 의원은 어떻게 하려고……."

이진범이 고개를 들고 어물어물 말끝을 맺지 못했다.

"내 걱정 말고 그냥 튀란 말이야. 잡히면 국물도 없어. 나중에 전화로 연락하고."

권혁배는 이진범에게 등을 돌리고 청장실 쪽으로 뚜벅 뚜벅 걸어갔다. 이진범은 그곳에서 잠시 머뭇거렸다. 청장실에서 그 짧은 시간 동안 어떤 일이 일어났으며 그것이 무엇을 의미하는지 냉정히 헤아릴 수는 없었다. 일이 돌이킬 수 없을 정도로 크게 벌어졌다는 사실만 희미하게 느껴질 뿐이었다.

그는 뒷걸음질하다 뒤돌아서 뛰기 시작했다. 무슨 일이 벌어졌는지, 이제 앞으로 어떤 일이 일어날는지 생각할 겨를이 없었다. 단순히 잡히지 말아야겠다는 일념뿐, 그의 머릿속은 '무조건 튀어!'라는 권혁배의 말로만 꽉 차 있었다.

〈제2부에서 계속〉

# 『거품시대』와의 대화

김윤식(서울대학교 국어국문학과 명예교수)

객 : 안녕하십니까? 안경이 더 두꺼워진 것 같군요. 이 확
대경은 또 무엇입니까?

주 : 사전 때문입니다. 난시와 원시가 겹쳐 있어서.

객 : 인쇄문화란 아무래도 안경과 관련이 깊겠지요. 오늘
날과 같은 영상문화 시대에 대한 선생의 견해는 어떠
신지요?

주 : 미국의 극작가 아서 밀러의 견해와 비슷합니다. 색이
나 그림의 세계(매체)란 언어 매체에 비하면 단세포
적 또는 저차원적이라 할 수 없을까? 말 못하는 갓난
아기도 그런 것에 반응하지 않겠는가? 언어(문자)의
세계란 훨씬 고급이자 고도의 지적 발달에 관련된 것
이 아닐까? 지적이라서 더 훌륭하다는 것이 아니고,
범주가 그렇다는 뜻입니다.

객 : 선생의 문학에 대한 집착의 근거로 그 점에서 짐작이 갑니다. 그렇다면 활자로 된 문학에서도 등차가 있지 않을까요? 가령 순문학과 대중문학이라든가, 문단문학과 신문소설이라든가 등등.

주 : 이런 저런 논의가 있을 수 있겠지요. 신문소설이 활자문화 쪽에 서 있음만으로도 그 우뚝함이 있지 않을까? 영상으로 포위된 이 시대에서 말입니다. 그렇다고 신문소설과 문단소설의 차이가 없다고는 할 수 없지요. 신문소설이 텍스트 범주라면 문단소설은 작품 범주라 할 수 있습니다. 신문소설에는 반드시 삽화가 있지 않겠는가? 삽화와 또 다른 여백이 있고 그 옆에는 광고물도, 그리고 정치 · 생활 · 건강 등에 대한 기사도 함께 있지 않겠는가? 그러한 일상성(정치성)과 신문소설이 함께 있음이란 곧 그것이 '열려 있음'이 아니겠는가? 이 '열려 있음'을 통해 신문소설 속으로 독자들이 멋대로 들어갔다 나왔다 할 수 있을 뿐 아니라, 삽화만 보고도 그 회분을 다 읽었다고 할 수 있는 일이 벌어집니다. 주인공의 대화 한 토막만 읽어도 상관없는 노릇. 곧 독자는 소설을 읽되, 그것을 자기 멋대로 읽을 수 있습니다. '열려 있음'이기 때문. 이를 바르트 식으로 말하면 텍스트의 쾌락이라

부르는 것입니다.

객 : 문단소설이란 '폐쇄된 구조' 곧 작품성으로 규정된다
는 뜻입니까? 완결된 구조이기에 독자는 이 완결성에
서 자유롭지 못하다는 것. 대체 독자를 제압·지배·
구속하고자 달겨드는 그 작품성이란 무엇입니까?

주 : 완결성이라든가 폐쇄성이란 시작·중간·끝이 있다
는 것, 그러니까 스스로 독립된 사물이라는 것. 다시
말해 타자성으로 존재하는 것이지요. 그러기에 작품
성은 우리와 맞서고, 우리를 위협하는 것. 우리가 이
에 대면할 힘이 모자라면 질 수밖에 없는 것이지요.
대결에서 비로소 긴장이 생기는 바, 이 긴장의 자장
(磁場)을 두고 독서 행위라 부르는 것입니다. 그 자장
에서 생기는 불꽃이 바로 삶의 진실이랄까, 미적 인
식이라 부르는 것이 아닐까?

객 : 그렇다면 신문소설이란 이중적이라 할 수 없을까요?
연재 도중의 그것은 열려진 구조로서, 이른바 텍스트
의 쾌락에 노출되지만 일단 연재가 끝나 단행본으로
묶이면 돌연 '작품성'으로 둔갑하는 것이 아니겠습니
까. 우리가 알기로 춘원의 「무정」(『매일신보』, 1917년)
은 물론 염상섭의 「삼대」(『조선일보』, 1931년), 이기영
의 「고향」(『조선일보』, 1933~34년), 벽초의 「임꺽정」

236

(『조선일보』, 1928~39년) 등등 우리 근대소설의 대표
작이라 부르는 작품들이 모두 본래 신문소설 아닙니
까? 당대의 독자가 아닌 그 뒤의 독자들은 이것들을
작품성으로 대할 수밖에 없지요.

주 : 맞습니다. 그러나 그러한 이중성이 보장되는 작품
은 아주 예외적이라 할 수 없을까? 방춘해의 「마도
의 향불」(『동아일보』, 1932~33년)을 비롯하여 많은 사
례를 들 수 있습니다. 그렇더라도 이들 작품은 그 일
차적 임무를 훌륭히 수행한 것으로 볼 수 있지요. 당
대의 유행에 대한 감각, 풍속에 대한 신기함의 추구,
흥미에 대한 집착, 적당한 반항과 보수적 해결, 그리
고 평이한 문장 등을 통해 우리에게 주는 위안이야말
로 그것이 맡은 바 몫이었던 것. 풍속성(시사성)이 풍
부해야 하고, 대중적 공감을 얻어야 하며, 가정적이
어야 하는 것, 이것이 신문소설의 5대 조건 아니겠는
가? 일본의 대중작가이자 『문예춘추』의 창업주인 기
쿠치 히로시(菊池寬)의 말이 문득 떠오릅니다. "문예
비평가 따위가, 그대가 쓰는 신문소설이 너절하다고
지적해도 작가는 눈썹 하나 까딱할 필요 없다. 그러
나 의무 교육을 받은 정도의 독자로부터 그대의 문장
이 너무 어렵다고 항의를 받으면 그대는 응당 솜씨

없음을 부끄러워해야 한다"라는.

객 : 그러한 텍스트로서의 평가는 특정 신문소설의 연재
가 진행되는 동안 이루어지는 것이라 보아야 되겠군
요. 적어도 중도하차하지 않았다면 말입니다. 독자
의 항의라든가 인기도에 따라 중단되기도 연장되기
도 할 것입니다. 이로써 그 임무는 다 한 셈 아닙니
까? 연재가 끝나고 이를 단행본으로 묶었을 때, 선생
의 논법으로 하면 작품성으로 따지는 일이 비로소 가
능해지겠지요. 요컨대, 일단 성공한 작품을 다른 시
각에서 검토한다는 것 아닙니까?

주 : 작품으로 읽는 일이 그것. 처음·중간·끝이 있음으
로써 비로소 완결성이 검토될 수 있지요. 처음이란
무엇인가? 그 앞에 절대로 무엇이 와서는 안 되며 그
뒤에 절대로 무엇이 와야 하는 것. 중간이란 무엇인
가? 그 앞에 절대로 무엇이 와야 하며 그 뒤에도 절
대로 무엇이 와야 하는 것. 끝이란 무엇인가? 그 앞
에 절대로 무엇이 와야 하며 그 뒤에 절대로 무엇이
와서는 안 되는 것. 아리스토텔레스의 「시학」이 발견
한 최대의 원리가 이 점이 아닐까? 플롯과 필연성의
개념이 그것. 이 필연성이 성격이라든가 주제(사상)
에 직접 또는 간접으로 연결되어 있고, 따라서 작품

의 시원(始原)이 반드시 문제점으로 가로놓이게 되지요. 뿐만 아니라 문학사적 질서도 커다란 힘으로 간섭해 들어오는 것입니다.

객 : 이제 겨우 『거품시대』를 논의할 거점이랄까 통로가 보이는군요. 『거품시대』를 작품으로 읽을 때 제일 난감한 것이 문학사적 질서 감각이랄까 어떤 관습과의 이질감이 아닐까요? 소재상으로 보아 특히 그러하지요. 재벌 소설이나 기업가 소설이라 불러도 될지 모르겠으나, 좌우간 이러한 소재란 우리 문학의 주류랄까 중심부라는 사회적 소재(요약된 소재가 곧 주제)이든가 아니면 개인의 운명(內省)에 관한 것으로 요약될 수 있습니다. 기업 또는 재벌을 소재로 한 작품은 거의 없었지요. 이유는 일목요연한 것. 작품의 경우 작가란 그 작품의 시원인 까닭이지요.

주 : 좋은 지적이군요. 작품 또한 작가의 시원이기도 하겠지요. 지금껏 우리 문학에선 작가란 지식인 범주였다 할 것입니다. 이광수 · 채만식은 물론 이상이라든가 최명익이 그러하였고, 김동리도 이호철도 손창섭도 그러했지요. 이문구도 황석영도 오정희도 그러하지 않았던가? 지식인이란 무엇인가? 권력층이나 기업 측에 고용되어 생계를 유지하면서도 '진실(지식의 한

부분)'을 지키고 선양하는 계층을 일컫는 것. 만일 그 권력층이나 기업 측이 부정을 저지른다면 어떻게 해야 할까? 고발하거나 저항하면 생계에 위협이 오고, 묵살하면 '진실'에서 멀어지지 않을 수 없는 것. 이러지도 저러지도 못하는 자리에서 울리는 소리, 몸부림치기가 우리 문학의 한쪽 기둥이었지요. 1980년대에 접어들어 근로자들의 글쓰기도 시도되었고, 그 점에서 지식인이 아닌 시각에서의 소설의 가능성이 없지는 않았으나, 일시적인 현상이 아니었을까? 여전히 지식인의 시각에 흡수되고 만 것이 아니었을까? 한편 내성 소설이란 것도 지식인의 전유물이 아니겠는가? 요컨대 지식인은 근로계층(생산수단을 갖지 않은 자)도, 생산수단의 소유자인 부르주아지도 아닌 계층이지요.

객 : 르포 범주가 아닌 한, 진짜 노동자 소설도 진짜 부르주아 소설도 나오기가 어렵다, 그러니까 지식인의 시각에서 본 노동 소설, 부르주아 소설밖에 접할 수 없다, 라고 할 때 아마도 이 말 속엔 선생의 지론인 체험(기억)과 소설의 불가분리설이 깃들여 있겠지요. 이른바 '순금 부분'이라는 것 말입니다.

주 : 소설이란 서사시나 희곡과는 달리 '시간'이 개입된

예술 형태라는 것. 부르주아(시민 사회)의 욕망 체계에 대응된다는 것. 그러기에 기억 속에서만 완벽하게 성립된다는 것을 염두에 둔다면, 르포라든가 남의 대리 감정을 적어낼 수 없지요. 도금한 무쇠냐, 순금 부분이냐의 비유가 이에서 말미암는 것입니다.

객 : 『거품시대』의 소재상의 강점이 인정된다는 뜻이겠군요. 지식인 일변도의 우리 소설계에 기업소설이라는 것이 작가 홍상화 씨에 의해 가능해졌다 함은 『거품시대』 속에 선생께서 말하는 그 순금 부분이 어느 수준에서 깃들여 있다는 의미가 아니겠습니까? 어떤 부분이 그러할까 하는 점이 궁금합니다.

주 : 이 작품에서 먼저 우리가 할 일은 거품부터 걷어내는 작업이 아닐까? '거품 경제'라는 말이 먼저 있지 않았던가? 흑자 수출로 세계 경제를 제패할 듯하던 일본 경제도 알고 보니 거품 경제였던 것. 달러 결제 속의 허풍에 지나지 않았다고 스스로 비명을 지른 바 있음은 모두가 아는 일. 그 영향 아래서 어떤 면에서는 허풍을 떨던 우리 경제도 거품스럽지 않았던가?

객 : 거품 경제라는 비유보다 '거품시대'라는 것이 우리에겐 좀더 직접적이었다는 말씀이군요. '시대'란 역사적 개념이니까. 그 시대를 지난 처지에서 바라본다는

점에서 특히 그러하지요. 군사 독재가 이끌어가던 경제이자 정치였지만 일단 그것이 어느 수준에서 종결된 마당이기에 거품스러움은 당연히도 풍자의 대상일 수밖에 없는 법. 거품이 걷힌 시점에서 거품스런 시대를 바라본다면, 그 시대를 산 사람들 본인들은 어느 시대의 인간처럼 비극적이겠지만, 밖에서 바라보는 사람의 처지에서 보면 영락없이 희극적이지요. 『거품시대』의 제일차적 작품 성격이 이로써 규정되겠군요.

주 : 거품이 이제 조금 걷힌 셈입니다. 제1~2부가 1988년 봄, 그러니까 88 서울올림픽 개최를 몇 달 앞둔 시점에서 비롯하여 제3~4부는 1989년의 가을, 제5부는 1990년의 겨울 아닙니까? 약 3년간의 시대가 배경이지요. 제6공화국 전성기지요. 이 기간 속의 가장 거품스런 곳이 어디일까? 곳곳이겠지요. 그중에서 비교적 시대적이자 대중적인 곳이 정치판이 아니겠는가? 그다음 순번이 경제 분야일 터. 정경유착이 경제의 실상이라면 이 두 가지의 동시적 수용상을 보여줌이란 제일가는 시대적 · 대중적 흥미 영역이라 할 수 없겠는가?

객 : 그 대중성의 핵심이라 할 정경유착 중 경제 쪽의 거

품스러움을 소재로 삼았음이 이 작품의 대중성 확보
의 근거이자 그 최강점이다. 다시 말해 정경유착 속
경제 쪽의 거품스러운 성격이 군사 독재에서 특권적
으로 증폭되었다는 것이군요.

객 : 그렇다면 좀더 거품을 걷어내볼까요. 조금 앞에서
'순금스러운 부분'이라 하지 않았습니까? 작가가 제
일 잘 아는 부분이 이에 해당되는 것입니다. 정경유
착 속의 경제에 대해 체험적 수준에서 갖고 있는 기
억이란 무엇인가를 묻는 일이 이에 관여됩니다. 작가
홍상화 씨가 갖고 있는 기억이 그것이지요. 문득 선
생께서 입버릇처럼 말하는, '기억이 나다'라는 명제.
'체험이야말로 작가의 자질이다'라는 명제를 떠올립
니다. 좀더 자세히 말해볼까요. 『거품시대』가 아무나
쓸 수 있는 소설이 아니라는 것, 대중성의 최상위에
속하는 정경유착의 한국적 현상을 다룰 수 있다 함은
홍씨만이 가진 '자질'이 아닐 수 없다는 것. 맞습니
까?

주 : 맞습니다. 1988~90년까지(햇수로는 세 해이나 실제로
는 약 2년 8개월 동안)란 시대상으로는 6공화국에 지
나지 않습니다. 그렇지만 작가 홍씨에게 있어 거품스
런 시대 인식이란 이런 숫자상의 것이 아니지요. 주

인공 진성구 · 이진범 · 백인홍 · 권혁배 등의 나이에 관련됩니다. 38세에서 40세에 걸쳐 있지 않겠는가? 인생의 황금기에 해당하는 나이. 이 황금기에 이른 핵심 인물들의 삶의 방식이란 무엇인가? 이 물음에서 작가 홍씨만큼 유력한 존재를 찾기는 어렵습니다.

객 : 선생께선 설마 이 작품에 나오는 중소기업인이든 대기업인이든 그들의 생태랄까 경영방식이랄까 사고방식 등의 전문성을 문제삼고 있지는 않겠지요. 제1부 시작부터 무수히 되풀이되는 비자금 조성 방식 같은 것.

가령 중소기업 수준인 청천물산 사장 이진범의 비자금 조성 방식은 수출용으로 들여온 원자재를 시중에 내다 파는 짓이었지요. 대 · 소기업을 막론하고 이 짓 안 해먹은 기업이 있었던가? 대기업인 대하실업의 경우는 어떠한가? 창업주 진규식 회장의 눈이 시퍼렇게 살아 있는 마당이기에 그 아들인 진성구가 아비 몰래 해치우는 거액의 비자금 조성 방식은 하청업체의 도급 입찰에서 감쪽같이 뜯어내는 수법이더군요. 세무사찰이다 뭐다 하는 일들의 진행 과정이라든가, 진씨 집안의 혼사를 통한 정치권과의 관계 구축, 여당 거물 정치가나 청와대의 경호실 떨거지들과의 접

244

촉 등등이란 선생의 지적대로 지식인 소설 위주의 우리 소설계에서는 과연 낯선 장면들이지요. 그렇기는 하나 그게 어쨌다는 것입니까? 그런 소재란 부지런하기만 하면 세무서 직원으로부터도 들을 수 있지 않습니까? 르포 작가라면 누구나 할 수 있는 것. 또 그런 지식이란 이미 세상이 다 아는 것 아닙니까? 작가 홍씨가 기업가 출신이라는 것과 이 문제는 별개라 볼 수는 없을까요?

주 : 그렇지 않아요. 작품의 시원이 작가이며, 작가의 시원 역시 작품입니다. 쓰고 싶은 것을 쓰는 작가는 없는 법. 다만 그가 '쓸 수 있는 것'을 쓸 따름입니다. 쓸 수 있는 것이란 자기만이 제일 잘 아는 체험(기억)의 영역뿐. 그때 그가 제일 잘 쓸 수 있지요. 여기서 "제일 잘 안다"에는 설명이 없을 수 없는데, 기업 관계에 대한 체험이나 기억이야 작가 홍씨보다 몇 배로 더 풍부한 기업인이 수두룩하겠지만 적어도 문학판에서는 홍씨가 제1인자라는 뜻입니다. 그렇다면 홍씨만이 제일 잘할 수 있는 체험(기억)이란 무엇인가? 이것은 문학적 물음입니다. 곧, 누구나 상식으로 아는 저 비자금 조성 방식이라든가 골프장의 사교술, 또는 한결같은 계집질하기 등등이 이 작품에서는 생

리화되어 있다는 사실이 그것입니다. 지식의 수준이
아니라 생리화되었음이란 새삼 무엇인가?

객 : 선생이 말하는 그 생리화란 곧 인간 속성의 하나로
다루어지고 있다는 뜻이군요. 지식의 수준이라면 단
호할 수도 있고 회의적일 수도 있으나, 생리적 수준
이라면 운명적일 수밖에 없다는 식.

주 : 아, 운명이란 말이 너무 일찍 나와버렸군요.

객 : 유부남 이진범이 폴 마송을 마시며 진 회장 외동딸
진미숙을 죽도록 사랑하는 일이라든가(그는 누구보다
두 딸과 아내를 사랑하는 가장이 아니었던가?), 진씨 집
안의 막내아들인 젊은 진성호가 배다른 형이자 사장
인 진성구를 물리치고 자신이 사장이 되고자 하는 야
망은 논리적인 측면이라기보다는 생리적이라 할 것
입니다. 부에 대한 타오르는 욕망이란 인간 본성 속
의 일부라는 사실.

주 : 지배욕의 일종이라는 것 아니겠습니까? 섹스도 부도
권력도 다 생리적 욕구로 인식되고 있습니다. 이 작
품의 결말은 진씨 집안의 창업주 진 회장의 임종 장
면 아닙니까? 가족 앞에서 진성호가 네 가지 논리적
인 주장을 내세웠는데, 이게 논리이기보다는 생리인
것이지요. 실상 진성호는 지금 이 회사 경영에 물불

가리지 않고 달겨들지 않고는 설 자리가 없습니다. 너절한 교수의 딸을 아내로 맞이하지 않았던가? 왜? 그 교수라는 자의 인척이 권력층의 핵심이었던 까닭이지요. 그런데 그 교수의 딸이란 어떠했던가? 남편을 우습게 알고 자기 일에 빠져 미친개처럼 뛰어다니고 있지 않겠는가? 진성호가 자기 형 진성구처럼 또는 이진범이나 백인홍처럼, 모델인 김명희를 두고 계집질에 나아갈 것은 불 보듯 훤한 사실이겠지요.

객 : 르포 작가도 아니고, 지식인 소설도 아니라는 점이 작가 홍씨 및 『거품시대』의 문학적 성격을 결정하고 있다는 선생의 견해가 설득력을 가지려면 좀더 논의가 있어야 될 것 같습니다.

주 : 그렇군요. 먼저 등장인물들부터 볼까요? 주역들의 나이가 38세로 소설이 시작되지요. 이진범이 맨 먼저 등장. 재벌급인 대하실업에 근무하다 독립하여 섬유 하청업체를 차렸으나 대하실업의 진씨 집안 외동딸이자 이혼녀인 진미숙을 숨겨둔 여인으로 삼았기에 지금 곤궁에 빠져 있지 않습니까? 진성구 사장이 이를 알고 보복을 하고 있기 때문.

진성구는 어떠한가? 대하실업 2세이자 사장이 아니겠는가? 그의 경영 솜씨는 독창성이나 야심이 없고 그저 아비의 그늘 밑에 있는 범속한 재능의 소유자. 배우 이혜정과 내연의 관계. 이상하게도 가정 관계의 언급이 없음. 이진범의 경우 그토록 두 딸과 아내에 대한 사랑이 강조되었음과는 지나치게 대조적. 그의 범속성은 여동생 미숙을 사랑한다는 그 한 가지 이유로 이진범을 파산시키고자 덤비는 것에서 잘 드러남.

백인홍. 백운직물 사장. 아비가 세운 회사의 2세인 셈. 야구선수 출신으로 투쟁적이며 이진범과 친구 사이. 그의 부친은 유곽 경영자로 상놈 중의 상놈. 잡스러우나 의리에 강한 사내. 상대방을 이기기 위해 상대방이 토해낸 오물을 먹어치우기도 하고, 수사관의 코뼈를 작살내기도 하고, 권력층 우 의원의 대문 앞에서 이불을 펴놓고 밤샘하기도 하는 위인. 엘리베이터걸 김명희와 내연의 관계.

진성호. 28세. 미국에서 공부. 진성구의 이복동생. 미국서 요란한 공부로 박사학위를 딴 여자를 아내로 맞음. 정략적 결혼의 사례.

황무석. 대하실업의 부장에서 이사로 승진. 이진범의 대학 선배.

진규식. 대하실업의 회장. 창립주.

진미숙. 진 회장의 외동딸. 진 회장과 라이벌 관계

였던 섬유회사의 사장 아들인 이성수와 결혼. 아들 하나 낳고 이혼. 이진범과 연인 관계. 주체성 없는 인물.

이성수. 진미숙의 전남편. 경제학 교수. 술독에 빠져 파락호로 전락. 그의 부친은 진규식의 밀고로 회사가 파산되자 그 충격으로 사망. 이 사실을 안 뒤에 이혼.

권혁배. 운동권 출신. 야당 국회의원. 투사형이나 의리파. 이진범의 고등학교 동창이자 백인홍과 가까운 친구 사이.

객 : 이상 9명이 처음부터 끝까지 등장하는 인물들이지요. 이들에게서 공통된 요소가 무엇이라 보시는지요?

주 : 38세의 주역들은 이진범·권혁배·백인홍·진성구·이성수 등이 아니겠는가? 이 중 사업에 관여한 축은 3명이지요. 사업하는 이들의 공통점은 창의성의 부족으로 요약될 수 있지 않을까? 주어진 환경에 잘 길들여지는 유형이지요. 낭만주의자라고나 할까? 그들이 한결같이 숨겨둔 여인을 갖고 있음이 그 증거. 그들은 현실 속에서 결코 만족할 수 없고, 뭔가 먼 것에 대한 동경에 알게 모르게 빠져 있지요. 이 막연한 그리움이란 무엇인가?

객 : 선생께선 그것을 에로스(동경)라 부르고 싶겠군요.
인간에게 보다 선한 것, 보다 아름다운 것, 보다 좋
은 것으로 향하고자 하는 심성이 있다는 것. 그러니
까 이진범 · 진성구 · 백인홍 · 이성수들이 모두 이 범
주에 든다는 것.

주 : 작가의 분신들이지요. 그들은 생리적으로 그러합니
다. 이 에로스적인 것이 『거품시대』의 저류에 깔려
있기에 거품이 걷혀도 읽힐 수 있습니다.

객 : 에로스적인 것에서 벗어난 인물도 있지 않습니까?

주 : 아, 그렇군요. 황무석 이사. 그는 불패(不敗)의 인물.
차라리 괴물이라고나 할까? 온갖 권모술수로 대하실
업 부장에서 이사로 승진하여 빈틈없이 살아가고 있
지요.

객 : 유일하게 살아 있는 인물이라고 선생은 지적하고 싶
은 것 아닙니까? 작가 홍씨도 감히 요리하지 못한 인
물이라고 말입니다.

주 : 그렇군요. 가난한 집안에서 태어난 그는 야간학교를
다녔고, 악착같이 살아오지 않았던가? 20평짜리 아
파트에 산다는 죄로 아들이 학교에서 급식 대상자로
분류되었을 때의 그의 분노……. 이종사촌 형으로 하
여금 대하실업을 모함하는 투서질을 하게 만들고도

혼자 거뜬히 견딜 수 있었지요.

객 : 이진범도 조금 별나지 않습니까?

주 : 매력적인 인물이지요. 권혁배 의원을 대동한 관세청
장과의 대질신문에서, 장부 탈취 사건에 대해 딱 잡
아떼어야 함에도 불구하고 사실대로 실토하기. 이 점
이야말로 이진범의 일생일대의 실수가 아니었던가?
그 때문에 그는 공소시효 7년의 현행범으로 수배 대
상이 되자 미국으로 도망쳐 그곳에서 어렵게 생활을
꾸려가다가 흑인을 쏘고, 그 흑인에게 머리가 깨어져
야 했던 것. 이 결정적인 실수가 바로 이진범의 매력
이 아니겠는가?

객 : 인간다운 결점이다, 독하지 못하다, 천격이 아니다,
마음 여린 낭만주의자다, 그런 말을 선생께선 하고
싶은 거지요?

주 : …….

객 : 또 나아가, 그토록 가족을 사랑하면서도(그의 처가 그
토록 순진한 바보냐고 제가 비판하면 선생께선 성내시겠
지요) 진미숙에게 빠져들어 정신을 못 차리고. 말하
자면 철부지라고나 할까?

주 : 족보는 어떠한가? 이진범만 없군요. 백인홍의 선친
은 유곽 경영자였지요. 잡스러운 생활인으로 규정되

겠지요. 재벌 진 사장의 선대는 어떠할까? 도둑이었
지요. 해방이 되었을 때 일본인 공장의 방직기를 도
둑질해다가 이럭저럭 회사를 꾸리고. 또 라이벌인 이
성수의 선친을 밀고한 집안. 상스러운 생활인이라고
나 할까? 정신 파탄자 이성수의 선대는 사업가이나
진규식의 밀고로 세무사찰에 의해 1년 만에 분사(憤
死)했으니까. 마음 여린 생활인이라고나 할까?

객 : 그러고 보니, 모두 변변찮군요. 우리의 기업인이나
재벌이란, 조금만 거슬러 올라가면 이런 상스럽거나
잡스러운 터전에 지나지 않군요. 이진범만 족보가 없
네요.

주 : 그가 사업가가 아닌 증거이겠지요. 작가는 다만 진씨
집안 여인과의 관계 모색을 위해 이진범을 부각시켰
다고 볼 것입니다.

객 : 문제는 거품시대의 그 거품을 걷어내고 맑아진 그
밑바닥 들여다보기에 있지 않습니까? 그 밑바닥의
청명한 물줄기를 보여주는 것이 비평이 맡은 바 몫
일 테니까. 이제부터 선생의 발언이 기대되는 차례
입니다.

주 : 그보다 먼저 한두 가지 지적해둘 것이 있습니다. 이
5부작에서 소도구로 활용되는 것이 휴대폰이나 카폰

이라는 점이 그 하나. 카페와 호텔이 만남의 장소라는 점이 그 다른 하나. 셋째는 추리적 성격으로 일관해 있다는 것. 이 중 추리적 기법이란, 작가의 지나친 논리 조작에서 말미암았던 것. 그만큼 빈틈없이 구성해 보이겠다는 욕심에서 나온 것이겠으나, 그 논리가 너무 세부적인 것에만 집착되고 있지는 않은지. 이 세 가지가 이 작품을 추상적인 쪽으로 끌고 가는 약점으로 보입니다.

객 : 그렇다면 이 약점을 뛰어넘고도 남을 장점은 과연 무엇인가? 그러니까 문학적인 초원 지대랄까 그런 것은 어디인가라는 점이 궁금해집니다. 작가 홍씨는 언젠가 겸허하게도 '세태심리소설'에 지나지 않는다고 말해놓지 않았겠습니까? 세태심리를 그린 소설이라면 단 1회의 읽기로 족하겠지요. 세태심리로도 환원되지 않는 그 무엇이 없다면…….

주 : 연극 대본 〈박정희의 죽음〉과 영화 〈젊은 대령의 죽음〉 속에 그 해답이 있습니다.

객 : …….

주 : 실상 이 5부작의 구성으로 보면 제1~2부가 이진범과 진미숙의 절망으로 수렴되지 않습니까? 미국으로 도망치지 않으면 안 될 현행범으로서의 이진범과 동

맥을 끊어 자결하고자 한 진미숙의 절망이 중심부라 할 수 있습니다. 나머지 사람들은 한껏 여유로운 인간 군상이지요. 벼랑 위에 선 사람들이야말로 주인공에 값하는 것. 매력의 근원이지요. 이 절망하는 두 매력적 인물을 절망에서 구출할 수 있는 방도란 무엇인가? 여기까지 물을 때 그러니까…….

객 : 미학적 인식의 근거가 그 물음 속에 있다는 것입니까?

주 : 맞습니다. 절망을 이기는 방법, 구원의 빛 찾기, 거기에 미학적 인식의 근거가 있는 것이죠. 제3~4부에서 비로소 그 근거 하나가 중심점으로 구축됩니다. 희곡 〈박정희의 죽음〉이 그것. 김재규의 총에 맞아 죽어가는 박정희의 '독백의 마지막' 한 대목만 조금 볼까요.

가여운 아들아! 그러나 역사가 아무리 변덕스럽고 잔인하다 하더라도 이 사실만은 부정하지 못할 것이다. 조국의 헐벗은 산을 푸르게 만들었고, 조국의 농촌에서 초가 지붕을 몰아냈으며, 조국의 농민들에게서 보릿고개라는 단어를 영원히 지워버렸다는 사실을……. 언젠가 때가 되면, 그때가 언제가 될지는 몰라도, 나의 아집이, 나의 집념이, 나의 잔인함이 풍요로움의 원천이

되었다고 이해하는 사람이 등장할 것이다. 그때
가 되면, 내 아들아, 아버지·어머니를 흉탄에
빼앗기고 고아가 되어버린 너의 고통도 한가닥
흐뭇한 추억으로 회상할 수 있게 될 것이다. 불
쌍한 아들아! 이 말을 내가 너에게 남기는 마지
막 말로 받아다오. 너를 누구보다 사랑하는 아
비가 용서를 빈다는 말을.
아! '모래실'의 가난이 그립구나! 그곳의 가난은
나를 이토록 외롭게 내버려두지는 않았다.(제3
부)


객 : 〈박정희의 죽음〉이라는 연극 대본이 진미숙을 구출
    했다 함은 그러니까 상징적인 것이군요. 거품시대의
    시원을 찾아가면 거기 박정희가 있고, 그가 자란 가
    난한 농촌 모래실이 있고, 그 속에서 이를 악물고 자
    란 소년 박정희가 있었다. 이 차돌멩이스런 소년의
    원한이 조국의 근대화를 가져왔고, 그 부작용으로 약
    간의 거품스런 현상이 5공화국·6공화국에까지 뻗어
    백귀야행의 풍속도를 낳았다. 그 희생자가 이진범과
    진미숙이었다…….
주 : 어찌 그 희생자가 이진범과 진미숙뿐이랴! 천격인 백

인홍도, 건달 국회의원 권혁배도, 그리고 주인공격인 진씨 집안의 적자 진성구 사장 역시 희생자라 할 수 없을까? 거품을 뒤집어쓰고 살고 있었기에.

객 : 거품의 시원이 박정희에 있고, 모래실의 가난에까지 소급될 수 있기에 이 거품의 희생자를 구출하는 길도 박정희에 있어야 하는 법. 진미숙을 구출한 것이 희곡 〈박정희의 죽음〉이었음은 논리적으로도 당연한 귀결이지요. 이 희곡을 진미숙의 전남편이자 경제학 교수였던 파락호 이성수가 썼다는 것은 중요하지 않 겠지요? 그는 허깨비거나 투명인간이니까.

주 : 그렇습니다. 아무리 잘 따져보아도 경제학자 이성수 가 희곡을 덜렁 써낼 수 있을까? 예술(희곡)이란 전 문가 영역의 소산, 곧 미학의 개입으로써만 가능한 것이기에.

객 : 그렇다면, 영화 〈젊은 대령의 죽음〉은 어떻게 설명 됩니까? 선생의 논법대로 하면 이 작품에서 이진범 과 진미숙 다음으로 절망 상태에 빠진 사람은 누구인 가부터 알아내야 되겠군요.

주 : 맞습니다. 이진범과 진미숙 다음으로 절망에 빠진 인 물은 진성구 사장입니다. 백인홍은 속이 단단하기로 누구에게 비할 바 없으며, 권혁배 역시 마찬가지. 젊

은 진성호 실장은 대하실업을 한입에 먹어치울 만큼 정력적인 애송이이며, 서민 감각의 교활한 황무석 이사는 불가사리가 아니겠는가? 이진범과 진미숙 다음으로 마음 여린 인물은 진성구뿐이지요. 그는 서서히 무너져내리고 있는데, '허무'가 그의 의식 속에 서서히 스며든 까닭입니다.

> "남자의 인생은 4등분할 수 있을 것 같아. 처음 20년 동안은 삶의 능력을 얻기 위한 훈련 기간이고, 다음 20년은 경제적 자립을 위한 준비 단계이고, 그다음 20년은 살고 싶은 인생을 사는 기간이고. 마지막 20년은 가까운 사람들과 자연을 만끽하며 자연 속에서 인생을 정리하는 시기라 할 수 있어."(제5부)

이것이 바로 허무의 침입이지요. 그의 마음이 여린 탓. 인생이 내부에서 무너져내리는 징조이지요. 아비 덕에 억지로 땅 짚고 헤엄치며 살다 보니 모든 것이 시들해졌다는 것 아니겠는가?

객 : 인생을 단일한 선(線)으로 보는 시각에서 보면 가소로운 구분 방식이군요. 인생이 4등분된다는 논법은

5등분, 9등분도 될 수 있다는 것 아닙니까? 처음부터 뜻을 세우고 평생을 일관하는 인생 코스의 처지에서 보면 진성구의 4등분론은 목적 없이 출발한 너절한 인생이라 할 수 없을까요?

주 : 글쎄요. 이 문제는 워낙 각자의 신념에 관한 부분이라서 제가 비판할 성질이 아니겠지요. 일직선으로 백 미터 경주식으로 살다 가는 인생도 제겐 훌륭해 보이며, 4등분·5등분해서 살아가는 인생도 그럴법해 보이니까.

객 : ……

주 : 문제는, 누가 절망에 보다 깊이 빠졌느냐에 있지 않겠는가? 젊었을 적부터 똑똑하지도 영악하지도 못하면서 재벌 맏아들로 그만한 배경에 알맞은 역할을 몸에 익혀온 진성구란 인물은 스스로 뚜렷한 삶의 목적(立志)이 없었던 위인. 이런 위인이 나이 40세에 이르자 기묘한 4등분 논리를 세워 무너져내리고 있지 않겠는가? 작가는 그를 여배우 이혜정에게 빠지게 함으로써 그를 구출(합리화)하고자 꾀하고 있습니다. 작가는 그의 가족 사항에 대해 언급하고 있지 않지요. 의도적이겠지요. 그는 가정과 담쌓은 인물, 그러니까 현실성 없는 인물로 설정해놓고 있습니다. 이

점에서 보면 이진범이 훨씬 현실적이지요.

객 : 여배우 이혜정에게 **빠졌고**, 그것의 합리화가 영화에의 몰입이다. 이것이 곧 구원이다. 그런 뜻입니까? 영화 〈젊은 대령의 죽음〉의 주인공은 박정희의 시해자 김재규의 비서인 박흥주 대령 아닙니까? 박 대령의 사나이다운 성품과 군인정신에 감동했다 함은 새삼 무엇인가? 기껏해야 이혜정에게 **빠져든** 자신의 허무 치유용이 아니고 무엇이겠습니까?

주 : 그런 문제 제기는 우리의 논의에서 조금 빗나가는군요. 제 논점은 절망한 자의 구원 방식에 있지요. 그것이 문학적 과제인 까닭. 거품을 걷어내고 그 밑바닥에 놓인 맑은 옹달샘이랄까 그런 물줄기 찾기 말입니다. '모래실'의 그 맑은 물줄기.

이진범과 진미숙의 절망의 구제가 미적 인식으로 가능하다는 것. 그것이 문학적 주제라는 것. 희곡 〈박정희의 죽음〉이 그 몫을 해내었다는 것.

여기까지가 제3~4부의 중심부에 놓인 참주제 아니겠는가?

제5부의 중심부에 놓인 미학적 과제란 무엇인가? 영화 〈젊은 대령의 죽음〉 아니겠는가? 그 시나리오를 이번에도 이성수가 썼지요. 그야 누가 썼든 상관없는

일. 이성수란 파락호에 지나지 않으며 따라서 유령
이거나 투명인간으로 존재하고 있으니까. 제5부에서
무너져내리는 인물은 진성구 사장뿐이지요. 영화라
는 이름의 미적 인식만이 진성구를 구원할 수 있었다
는 것이 이 작품의 문학적 성과가 아니겠는가?

객 : '영원히 여성적인 것이 우리를 인도한다(Das Ewig-
Weibliche zieht uns hinan)'라는 파우스트(괴테)의 명제
로 수렴되는 것입니까?

주 : 글쎄요. 그보다는……. 영화가 지닌 현대적 감각이겠
군요.

객 : 거품이 이제 조금 걷힌 느낌입니다.

주 : 그렇지만 맥주에는 거품이 없으면 안 되지요. 인생에
있어서도.

객 : 참, 그렇기도 하군요.

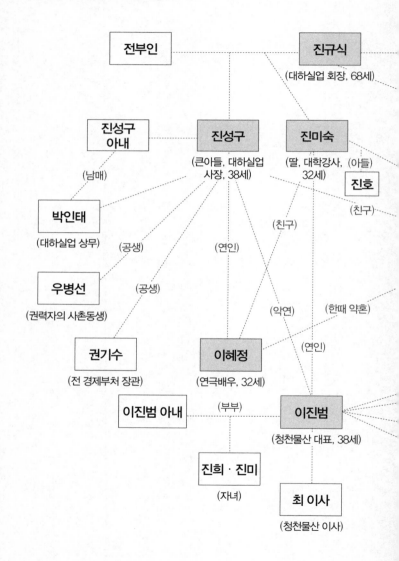

# 「거품시대」 등장인물도 (제1부 ~ 제2부)

**전부인** — **진규식** (대하실업 회장, 68세)

**진성구 아내** — **진성구** (큰아들, 대하실업 사장, 38세) — **진미숙** (딸, 대학강사, 32세) (아들) **진호**

(남매)

**박인태** (대하실업 상무)

(공생)

**우병선** (권력자의 사촌동생)

(공생)

**권기수** (전 경제부처 장관)

(연인)

(친구)

(악연)

(친구)

(한때 약혼)

**이혜정** (연극배우, 32세)

(연인)

**이진범 아내** (부부) — **이진범** (청천물산 대표, 38세)

**진희 · 진미** (자녀)

**최 이사** (청천물산 이사)

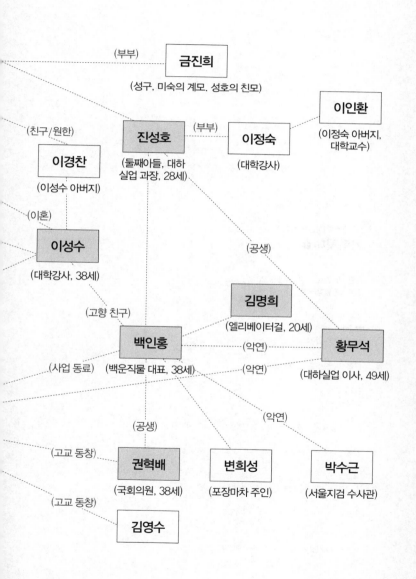

(부부) **금진희**

(성구, 미숙의 계모. 성호의 친모)

**이인환**

(이정숙 아버지, 대학교수)

(친구/원한) **진성호** (부부) **이정숙**

(둘째아들, 대하 실업 과장, 28세) (대학강사)

**이경찬**

(이성수 아버지)

(이혼) **이성수**

(대학강사, 38세)

(공생)

(고향 친구) **김명희**

(엘리베이터걸, 20세)

**백인홍** (악연) **황무석**

(사업 동료) (백운직물 대표, 38세) (악연) (대하실업 이사, 49세)

(악연)

(공생)

(고교 동창) **권혁배** **변희성** **박수근**

(국회의원, 38세) (포장마차 주인) (서울지검 수사관)

(고교 동창)

**김영수**

한국문학사 작은책 시리즈 8

# 거품시대 ❶

**초판 1쇄 인쇄** 2017년 5월 20일
**초판 1쇄 발행** 2017년 5월 30일

**지은이** 홍상화
**펴낸이** 홍정완
**펴낸곳** 한국문학사

**편집** 이은영 홍주완 이상실
**영업** 한지은
**관리** 황아롱
**디자인** 심현영

04151 서울시 마포구 독막로 281(대흥동) 한국문학빌딩 5층

**전화** 706-8541~3(편집부), 706-8545(영업부) | 팩스 706-8544
**이메일** hkmh73@hanmail.net
**블로그** http://blog.naver.com/hkmh1973
**출판등록** 1979년 8월 3일 제300-1979-24호

**ISBN** 978-89-87527-54-3 04810
          978-89-87527-53-6 (세트)

파본은 구입하신 서점이나 본사에서 교환하여 드립니다.